La anguila

Paula Bonet

La anguila

EDITORIAL ANAGRAMA
BARCELONA

Ilustración: «Bestia octópoda en reposo». Fotografía s/acetato, © Paula Bonet, 2003

Primera edición: marzo 2021
Segunda edición: abril 2021

Diseño de la colección: Julio Vivas y Estudio A

Pedró de la Creu, 58
08034 Barcelona

ISBN: 978-84-339-9921-4
Depósito Legal: B. 2902-2021

Printed in Spain

Romanyà Valls, S. A., Sant Joan Baptista
08789 La Torre de Claramunt

Para Alfonso Bonet Edo,
Alfonso Bonet Sabater
y Alfonso Bonet Sorita

Le perturba lo que se ha transmitido de padre a hijo. ¿Es comportamiento imitado? ¿O se trata de algo más profundo, grabado en cada célula de su cuerpo? ¿Es esta su herencia? Sus minúsculos movimientos son tan característicos como una huella dactilar.

NELL LEYSHON

La línea curva y los dos puntos aprehendidos son en realidad una estructura de planos suaves y sombra proyectada que se funde con otras formas, y aunque se analicen con detenimiento no puede precisarse dónde acaban unas y empiezan las demás: una nariz no es la nariz en la que se piensa al escuchar la palabra que la nombra.

Pintando aprendí a mirar, entendí que la realidad es mucho más compleja de lo que parece, la pintura me ayudó a resolver lo que no se puede decir con palabras y es en la mancha donde consigo entender algo. Observo en ella la urgencia, la duda, la calma o la furia de aquel o aquella que la ha trazado. Analizo si hay control en la técnica o si aquello es cosa de una mano torpe que todavía ensaya el gesto. Advierto si quien mancha es complaciente consigo mismo y con el mercado o si es un suicida. Tiemblo con la belleza de un arrastrado o de una veladura magnífica, me olvido de que estoy viva, siento el placer que se siente al introducir el cuerpo frío en una bañera de agua templada. O el que llega sigiloso cuando el otro coloca las manos sobre tus nalgas y las acaricia y las aprieta con deseo. El vapor del agua y la carne tibia. El aceite de la pintura y el fluido que empieza a deslizarse por la cara interior del muslo. El trago de vino y la inhalación del aceite de lino purificado. La tela tensada y la sábana con mancha.

La carne

Marte está sentado sobre una cama. El pintor lo ha envuelto en paños que cubren genitales y parte del muslo, un casco militar le deja el rostro en penumbra. Apoya el brazo izquierdo sobre una pierna y se toca la barbilla con la mano. El señor de acción ahora piensa. «Observad con qué destreza nos presenta el pintor al dios Marte. Mirad el gesto, analizad las formas: el empaste de carnaciones encima de la sombra verdosa, la veladura sobre la materia seca, acercaos a la tela y entended cómo se construye la figura, acercaos más y observad los arrastrados, la mancha indefinida que arma aquello que nuestro ojo quiere reconocer. El dios de la guerra ahora es viejo y su piel empieza a descolgarse, pero a pesar de saberse vencido, el paso del tiempo no lo destruye todo. El pintor no reproduce, el pintor reflexiona y nos reclama. Miradlo, niñas, Marte es viejo, pero Velázquez lo sabe todavía hambriento y así nos lo presenta.»

Me acerco al profesor y su antebrazo se pone duro al contacto de mis dedos con la carne. Acomoda su mano sobre la mía y con el músculo en tensión andamos por la sala hasta quedarnos quietos delante de otra pintura.

«Fíjate en la belleza de las veladuras de las telas blancas, Paulita. Y en la de los tres Cupidos juguetones que con sus flechitas y sus risas endulzan el viaje que emprenderá Europa. Cómo tiembla el muslo, cómo se descuelga el pecho, observa con qué facilidad podemos tocar esa carne. Y mira las nubes, que son las manchas que despiertan nuestra inventiva, porque eso es lo que hacemos al pintar: moldear las formas a nuestro antojo. Pintar, como escribir, es dejarnos ir y a la vez manipular a aquel que mira. Aprende a mirar y mira bien, Niña, que importa lo mismo lo que miramos que cómo lo vemos.»

La pintura

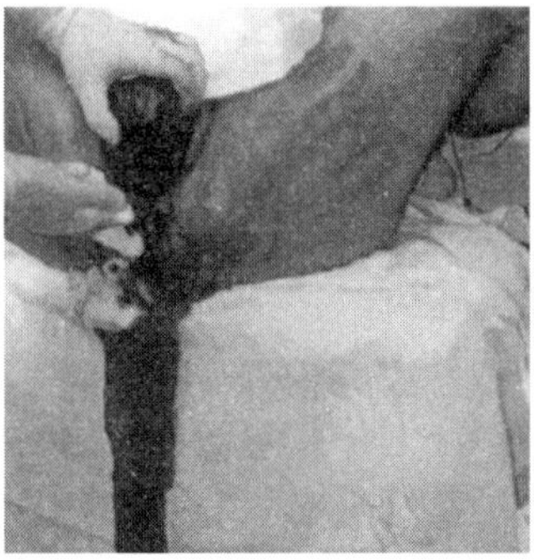

Cuando el abuelo dijo que tendríamos que tirar lo que había sobrado, me acerqué a la barandilla y dejé que la masa blanca cayera al vacío. Al verla alejarse entendí que aquel no debía de ser el modo, pero era la primera vez que tenía un bote de pintura en la mano y me habían dicho que tenía que deshacerme de ella. El acrílico se estampó contra un coche también blanco y apenas salpicó el asfalto: sobre la tela blanca, la pincelada blanca.

Salimos a la calle un poco más tarde y el abuelo me miró con aquellos ojillos sonrientes suyos. Balanceó la cabeza mientras deslizaba los dedos por el capó del coche y después juntó índice, corazón y pulgar y los movió lentamente amasando el líquido viscoso. Se limpió con un pañuelo de tela. No dijo nada. Guardó el pañuelo en el bolsillo, sacó una llave, abrió la puerta del coche y avanzamos juntos con solemnidad a través del filtro lechoso.

Mi cuerpo buscó siempre el cuerpo del abuelo, y no empezó a hablar de maternidades, de herencias, ni de cadenas de recuerdos que no pueden romperse hasta que él murió. Todo se precipitó cuando desapareció el hombre que tenía mis mismas manos. El que me miraba con dulzura. Aquel a quien todos adoraban pero que era mío. Mi abuelo Alfonso construyó un lugar en el que, si estaba atenta y me esforzaba, todo podía pertenecerme y nada era para siempre. Si yo quería, me construía cabañas. Con maderas, con los cojines del sofá y un par de mantas. Echaba a la gente de la terraza para tejer un entramado de lonas que iban desde la pared hasta la barandilla con el único objetivo de gatear conmigo unos minutos por debajo del tejado de tela. Si se me antojaba podía peinarlo y maquillarlo. Le colocaba rulos, le cardaba el pelo, le colgaba de los lóbulos mis pendientes rojos de sevillana. Si se lo pedía, me ponía en las manos los conejitos que acababan de nacer. Los padres aparecían más tarde despellejados colgando boca abajo, con pocitos alineados donde goteaba una sangre que pronto se coagulaba; y yo los miraba y sentía los corazoncitos acelerados de los pequeños, calentitos en mis manos.

El abuelo tostaba mazorcas de maíz en las brasas de la chimenea, abría las granadas y apartaba la parte amarga, me explicaba lo buenas que son las naranjas cuando llega el invierno.

Treinta años más tarde yo ya no era la pequeña que observaba el mundo pegada a su cuerpo y ya no podía demostrarle nada ni recibir su aplauso silencioso. El abuelo había muerto. Y mis caderas se habían ensanchado. Los pechos estaban duros, los muslos se habían inflado. Convivía con náuseas y mareos, con el vómito, mi cuerpo era el lugar de unas extrañas. De unos pocos milímetros de unas vidas ajenas que decidían sobre la propia. Recostada en un potro con las piernas abiertas, recordé el día en que lancé pintura blanca a la calle desde una terraza, la mancha blanda estampándose sobre una superficie dura.

En la pantalla
había tres manchitas
blancas.
Las tres manchitas
bailaban.
Se deslizaban
hacia los lados.
Se mecían.

Eran carne
que mi carne
había gestado.
Carne sin piel
que no respiraba.

Un líquido viscoso
empezó a resbalar
por la cara interior
del muslo.

Vellosidades coriales.
Orina fetal.
Sangre.
El fluido
alcanzaba la rodilla.

Membranas ovulares
se deslizaban
con la sangre
hasta el dorso del pie.

En términos generales la recuperación de un aborto espontáneo suele ser rápida y con escasas molestias. Durante las primeras semanas y a primera vista de control se sugiere que se sigan las recomendaciones siguientes: abstenerse de realizar duchas vaginales, evitar las relaciones sexuales, no utilizar tampones, abstenerse de tomar baños, evitar el ejercicio físico o los esfuerzos intensos.

Vi cómo asomaba una de mis mosqueteras. La cogí con los dedos y la saqué con cuidado. Era diminuta y estaba ahogada por el cordón umbilical de la mediana, que se deslizó también por mi vagina. La más grande, la que podría haber sobrevivido, también salió de mi vientre antes de tiempo. Estaban enredadas. Tengo una foto de mis tres mosqueteras reposando en la palma de la mano. Son gelatinosas. Como pajarillas. En las cabezas hay dos agujeros: unas fosas nasales que descansan sobre una raja horizontal.

Parte una

Si insistía, mi madre me subía al coche y me llevaba a la nave: tres mil metros cuadrados de tienda y exposición de muebles en una carretera comarcal llena de fábricas de gres. Cuando llegaba, daba un beso a mi padre o al tío y preguntaba por él. Que estuviera en el almacén era un problema porque todos aquellos metros cuadrados estaban a oscuras si no había clientes. La exposición se dividía en tres partes: la zona de comedores, la zona de habitaciones de matrimonio y la zona de habitaciones infantiles. Por los pasillos había réplicas de estatuas que me aterrorizaban y en los comedores, copias de cuadros que también me daban miedo. Sobre las mesas, las flores de la bisabuela. Casi todas rojas, le encantaba tejer claveles de lana. Los libros eran bloques de madera, si querías coger uno por su lomo, te podía caer el tocho encima.

Me gustaba jugar en los comedores y en las habitaciones de matrimonio. Allí yo era toda una mujer hecha y derecha. Hacía la cama, me sentaba en el tocador, miraba por la ventana para ver si llegaba mi marido. Ponía la mesa, limpiaba el polvo, arreglaba los jarrones con las flores. Podía ir cambiando de salón y así mi familia también cambiaba. Una mesa con tres sillas. Otra con seis. Nunca pensé que uno de aquellos comedores pudiera ser para mí sola y que podía olvidarme de hacer como que limpiaba el polvo para hacer como que leía.

Me gustaba la sala del cuadro de gente troceada que daba gritos. Los muebles eran sólidos y la bisabuela se había afanado por multiplicar sus claveles de lana roja, como si supiera que aquella habitación estaba llena de muertos que los necesitaban. En el cuadro había una mujer con una niña en brazos, una bombilla y un caballo. Parecía que el pintor había estado en la escuela cortando cartulinas con nosotras. Las tintas eran planas, las líneas torpes. Unos años más tarde vi la imagen en el libro de texto de la escuela. No acababa de ser la misma, pero sí lo eran los personajes y también los gestos, nos dijeron que representaba el horror de la guerra. Después lo estudiamos en el instituto. ¿Dónde estaba la sangre? ¿El dolor se pintaba en grises?

La primera vez que fui a Madrid visitamos varios museos y cuando entramos en la sala del *Guernica* me quedé paralizada. La sangre estaba allí del mismo modo que estaban los derrumbamientos, los cadáveres enterrados, la pérdida absoluta. Los vivos estaban muertos. La pintura chorreaba. No había tintas planas. Los grises gritaban y contenían todo el horror, era como si una bomba acabara de caer a mi lado. Mi mejor amiga me sacó de la sala, me sentó en el alféizar de una ventana y me tendió una mano que sostenía un kleenex.

Cuando me decían que el abuelo estaba en el almacén empezaba a andar hacia todas esas habitaciones que creía que por las noches habitaban niños fantasmas. Me adentraba lentamente en las tinieblas hasta que sabía que ni la madre ni el padre ni el tío me veían. Entonces corría. Mis ojos se acostumbraban a la oscuridad y distinguía cielos y mares plomizos, damas lánguidas que parecían entregarse a un amante invisible, señoras que corrían desnudas delante de jinetes y de perros que estaban a punto de darles caza, y también yo aligeraba el paso como si alguien me persiguiera, y notaba el sabor del hierro en la garganta. Fue durante aquellas carreras que me llevaban hasta el abuelo cuando mi cuerpo empezó a separarse de mí y entendí que debía prestar atención a lo que fuera manifestando.

La primera parte del camino no era difícil de recorrer, la cercanía de los grandes ventanales hacía que el trayecto estuviera acompañado de una luz que mostraba un camino real, cotidiano, era como si transitar por aquellas vidas de mentira colocadas sobre tarimas de madera fuera lo mismo que pasear por la calle mayor del pueblo, pero el tránsito nunca acababa de ser del todo agradable porque si mirabas a lo lejos las sombras eran profundas. Era David con la cabeza de Goliat agarrada por los pelos quien marcaba el inicio del peligro. Mi padre me decía que no tenía que tener miedo, que había ganado el bueno, el niño, que el pequeño había sido astuto y había conseguido matar al gigante malvado, pero el gigante estaba allí, y en cualquier momento podía levantarse y exigirle al niño que le devolviera la cabeza. La zona de pasillos ya era tenebrosa por sí sola, colocar un gigante bíblico en la escena la convertía en algo aterrador. Dejaba atrás a David y giraba a la izquierda. La moqueta era agradable bajo mis pies, y cuando las sombras de las decenas de peluches gigantes de las habitaciones infantiles se hacían más pronunciadas corría todavía más rápido. Imaginaba que, tras ellas, centenares de ojillos de niños fantasmas observaban mi cuerpo en movimiento. El miedo que minutos antes había depositado en un gigante decapitado se vertía en masas de polietileno forradas con felpa y en seres de otro mundo que solo podían manifestarse cuando llegaba la noche.

Al final de aquella masa oscura repleta de camas se filtraba un hilillo de luz, y cuando por fin llegaba hasta él y apartaba la enorme cortina del almacén, el sol me cegaba. En ese instante sabía que era una niña feliz.

El refugio del abuelo era enorme y tenía un gran portón que daba al campo. Siempre estaba rodeado de colchones, torres de almohadas, muebles desmontados y botes de barnices. Olía a cola blanca y a madera tierna. Me embobaba el ambiente sagrado que se respiraba en el taller, aquello era mucho más espiritual que lo que pasaba en misa cada domingo y allí no tenía por qué llevar zapatos incómodos ni ropa con puntillas. Cuando me veía, dejaba el pincel en un bote de cola y me subía en el carrito de transportar muebles, lo había forrado con césped artificial y estaba lleno de mantas. Salíamos del taller y yo era un animalillo que reía revolcándose en la hierba y viajaba a gran velocidad entre las vidas imaginadas de todas las familias que habitaban nuestra tienda cuando apagábamos las luces y nos íbamos a casa.

La tienda era para mi abuelo y sus hermanos como una madre que no puede valerse por sí misma y nunca ha de estar sola. Construyeron, detrás del mostrador, un pequeño apartamento que siempre estaba habitado. El comedor tenía un tresillo verde y muchas manteletas de bolillos. Había un pequeño baño y una cocina minúscula. El recuerdo de las habitaciones en las que alternaban el sueño tres familias diferentes está borroso, cada semana nos tocaba a unos vivir en aquel hogar de paso. No me daba miedo pensar en la oscuridad que había detrás de la puerta ni en la inmensidad de camas que nadie aprovechaba, lo que temía era mirar el único cuadro de la exposición que se había colado en nuestra casa: la reproducción de la Gioconda que habían colocado encima del sofá de nuestro pequeño salón temporal era tan mala que me perturbaba. El gesto de aquel ser que no entendía en su sexualidad me provocaba unas ganas tremendas de llorar. Si le preguntaba a la abuela quién era aquella señora, me decía *I jo què sé, fill, una dona i avant!,*[1] y abría la maleta y sacaba canturreando su arsenal culinario. Preparaba guisos, cocas y dulces cada vez que teníamos que instalarnos en el apartamento-vigía.

Mi abuela Juanita siempre se metía a la gente en el bolsillo humedeciéndoles el paladar: a los médicos, a los curas, a los amigos de sus hijos. El abuelo le mandó una carta desde la mili en la que le contaba que estaba medio resfriado. Lo del dolor de garganta era una anécdota entre historietas de batallas limpiando un fusil, horas largas de castigo pelando patatas, el beso que aún no había recibido de sus bellos labios más bonitos que ningunos o los planes de futuro que él siempre dibujaba al escribirle. Ella guardó la carta, cocinó un pastel, alarmó a los padres con la enfermedad del hijo, y les pidió que cuando fueran a visitarlo le llevaran el dulce. Nadie podía enfadarse con ella cuando cocinaba.

Alfonsito,
que pases un buen día de tu santo
pelando patatas.

1. ¡Yo qué sé, hija, una mujer y punto!

En una sala pequeña, reventado el techo con fluorescentes blancos que de vez en cuando parpadeaban, me enfrentaba por primera vez a los diluyentes y a los aglutinantes, comprobaba lo cochino de mezclar los óleos con agua y lo difícil que era que la mancha que resolvía en la cabeza tuviera algo que ver con la mancha que conseguía trasladar al lienzo. En el minúsculo local algunas niñas nos hacinábamos en una mesa corrida y desparramábamos sobre la madera nuestros pinceles baratos. Parte de la mesa estaba un poco más elevada y las que trabajaban formatos grandes apoyaban los lienzos en ella y se quedaban de pie: así se ahorraba en sillas y se ganaba un espacio ocupado con otra mesa central donde seis o siete más dibujaban con lápices de colores. Las que estaban de pie pintaban al óleo. No era tan fácil como hacer punto de cruz, pero se acababa reduciendo a lo mismo: aquello era también una manera de matar el tiempo.

En el patio donde había aprendido a bordar, copiábamos los diseños de unos papeles cuadriculados. En la pequeña salita blanca, dibujábamos imágenes que eran copias de otras imágenes impresas en postales. Allí no cabían bodegones ni focos ni telas donde aprender a mirar. Nadie nos decía que se empezaba con los planos más grandes, que la pintura tenía que estar aguarraseada, que se debía trabajar toda la superficie al mismo tiempo, que la primera capa era muy importante y tenía que dejar la tela totalmente cubierta para que al final no salieran calvas. Que la materia se añadía poco a poco. Primero las zonas oscuras. Después la luz. Tampoco que al principio tenía que usar las paletinas más anchas, y que era aconsejable evitar los pinceles de dos pelos. Nadie nos dijo que no teníamos que resobar la tela y que la pintura se mezclaba en la paleta. Miraba una estampita de 9 × 15 y un lienzo de 30 × 40. No sabía medir. Era incapaz de resolver cómo pintar la lluvia. El profesor se acercó y cogió una paletina vieja de cerdas duras que empapó de óleo blanco y deslizó en diagonal. Forró la superficie de mi pintura con arrastrados que taparon parte del mar bravo que había conseguido pintar. Llevé a casa del abuelo Alfonso y la abuela Juanita el cuadro con lluvia de leche todavía húmedo y estuvo colgado en la pared del pasillo hasta que él murió. «No es la silla lo que hay que pintar, sino lo que ha sentido una persona al verla»,[2] leería años más tarde. ¿Pero cómo era posible aprender a pintar lo que se sentía sin antes conseguir dominar la técnica? ¿Era la técnica parte del proceso de «aprender a mirar»? ¿Por qué entonces se alababa aquellas pinturas que «parecían una foto»? ¿Qué había de bueno en conseguir pintar así? Y, lo más importante, ¿qué sucedía entonces con los virtuosos de la destreza pictórico-fotográfica? ¿Seguían pintando repitiendo aquel patrón hasta el día de su muerte? ¿No era pintar una constante búsqueda? Si nadie puede congelarse en el tiempo, ¿cómo puede ser que sí se

2. Edvard Munch, *El friso de la vida,* Nórdica Libros, 2015.

congele un modo de hacer? Aquellos y aquellas que «pintan tan bien (...) podrían dejar de pintar. Al fin y al cabo, no pueden hacerlo mejor».[3]

La pintura te levanta del suelo. Te aleja del lugar donde las cosas pueden sostenerse con las manos, intercambiarse, acumularse, hacerse viejas, corromperse.

Tengo nueve años y estoy pintando un cuadro verde para alguien que tiene una pared de color verde. Tengo doce y le pinto a la abuela una reproducción de la Virgen de la Purísima. Tengo diecisiete y trabajo la *Ansiedad* de Munch, con gradaciones o juegos de complementarios, cambiando las escalas, pasando la pintura a blanco y negro, trabajo con una paleta reducida un cuadro con el cielo teñido de sangre. Le regalo a mi madre la imagen borrosa de la abuela en un 100 × 70 y la abuela cuelga en la pared de su habitación. A mi padre, una tablilla en la que salimos los dos, él muy joven, yo pequeñita casi perdida en su pecho, abrazados delante de nuestra tienda de muebles. Arrojo litros de aguarrás sobre un lienzo tendido en el suelo, observo cómo el disolvente, la inclinación del piso y el secado de la pintura deciden que la mancha sea una y no otra, la acepto y acabo reconociéndome en ella. Realizo la acción ochenta y cinco veces porque quiero teñir de blanco una habitación que ya es blanca, he decidido ordenar las pinturas de manera que los últimos cien metros cuadrados de la sala, empiecen siendo de un blanco sucio y acaben siendo luminosos, quiero que la pintura se funda con el medio y desaparezca.

Pintas como un hombre, me dijo mi profesor de pintura de primero de Bellas Artes.

Hay placer en «pintar bien» y en «pintar mejor», pero lo que hace que una sepa que va a seguir pintando es que

3. Edvard Munch, *El friso de la vida, op. cit.*

la materia pasa de ser un bien de consumo a algo mucho más complejo. Eso es la pintura. Una revelación.

La pintora y grabadora Roser Bru llegó a Valparaíso a bordo del *Winnipeg* en el año 1939. El barco llevó a más de dos mil republicanos españoles desde su primer exilio en Francia hasta Chile gracias a Rodrigo Soriano y Pablo Neruda. Años más tarde, Roser se convertiría en íntima amiga de Delia del Carril y trabajaría en un libro de artista junto a Neruda, ilustrando con aguafuertes y aguatintas la fertilidad de la tierra, el secreto amor, los nacimientos, la mesa, la cama, la muerte del pobre. En 2018, el Taller 99 de Santiago de Chile editó un catálogo en el que aparecen, entre cientos de obras, los grabados de las odas del poeta, de unos blancos puros en contraste con los grises y los negros aterciopelados de las aguatintas. «Hubiésemos querido que el libro contuviera la totalidad de su obra grabada, pero debido a su fecunda obra/vida, nos resulta imposible abordar esa empresa.»[4] Roser Bru llegó al 99 en el 57, y a sus noventa y ocho lo sigue frecuentando. No es la Roser agitada que conocí en 2002, pero sigue siendo la mujer despierta que no deja de pintar y abre la boca para liberar sentencias. «A quien vela, todo se le revela», escribe en un papel que cuelga de una pared del taller.

Cada mañana, Rosita le prepara el caballete y la paleta. Vierte el aguarrás en un bote de cristal. Coloca sobre la mesa unos trapos que ha doblado con cuidado. Y Roser se sienta a pintar junto a una ventana. En sus pinturas aparecen manos, zapallos, la frontalidad de los rostros de las mujeres, puñados de higos sobre una mesa.

Hoy es martes y Rosita acompaña a Roser al Taller 99. Preparamos la mesa, abrimos las paltas, compramos po-

4. Isabel Cauas en el catálogo *Roser Bru. Obra grabada*

llo y reservamos una gran bandeja de dulces para el final. Hacemos turnos para sentarnos cerca de ella, que nos coge la mano y la deposita cariñosa en su falda. Cuando parece que Roser ya no está con nosotras, pide a Rosita que le traiga sus pinceles y nos ordena que le acerquemos unas estampas que interviene con virtuosismo tembloroso. Ver sus manos moverse sobre el papel mientras el resto de su cuerpo habita la pre-muerte es una experiencia hermosa. «El mundo parece precipitarse insensatamente», masculla al tiempo que deja caer las primeras pinceladas.

«Desde los años puedo mirar –a veces– la extensión de mi trabajo. Hay temas que no cesan; uno es el cuerpo de la mujer. La modificación en ella, "la mujer que aguanta", como cariátide, entre el suelo y el límite. Es lo que la "mujer-pueblo" hace en Chile: aguantar la vida, criar hijos, trabajar, y todavía acoge al hombre que transita.»

Carmen Mompó

La abuela Carmen desapareció lentamente después de pasar la mayor parte de su vida cara a la pared, con el pie sobre el pedal rectangular de su máquina de coser y las manos deslizándose adelante y atrás. Cuando cumplió setenta y tres años pasó a tener setenta y tres hasta el día de su muerte.

La abuela Carmen se olvidó de todo y se olvidó de ella, hizo que también el resto la olvidara y se acostumbrara a convivir con su cuerpo. Un cuerpo viejo vestido con batines rosas con volantes brillantes. Una niña disfrazada que no recordaba nada. Que andaba lento y sonreía. Dejó de coser ropa y dejó de reñirme cuando usaba su máquina a escondidas. Su hija le hizo de madre mientras las nietas estábamos demasiado pendientes de nosotras mismas. Cuando llegué al pueblo la abuela tenía los pies fríos.

Pura Mompó

En una de las mesitas de cristal de la casa de la abuela Carmen había una foto en blanco y negro de una niña de unos doce años. Estaba de pie, apoyada en una columna griega colocada en medio de la nada, envuelta por paños y cortinas. Miraba a la cámara porque le habían dicho que tenía que hacerlo, parecía que aquella niña quisiera escaparse de la fotografía.

¿De quién son estas patas huesudas?
No sé de qué murió Pura.
De la muerte de la muerte de la muerte.[5]

Remedios Mompó

Su vida estuvo marcada por un jardín con columpios que separaba la casa de sus padres del convento de clarisas del que pasó a formar parte.

La monja era una mujer callada. Los domingos después de comer íbamos a visitarla y ella nos daba lo que le habían regalado durante la semana, un botín que solía reducirse a galletas María sin funda de plástico. Las galletas estaban blandas y olían a monja. En invierno las mojábamos en leche y en verano en grandes vasos de horchata fresca.

Concha Mompó

Blanca como la leche.

Con un pelo rojo que copio con tintes. Concha es la hermana soltera de la abuela Carmen.

Pasó la vida cosiendo sentada a su lado.

Recuerdo su cuerpo dentro de la caja de madera debajo de una escalera de caracol.

–*No deixeu que s'arrime la xiqueta.*[6]

Me acerqué y vi que muerta todavía era más blanca.

5. «Examen a la puerta del útero», Ted Hughes.
6. No dejéis que se acerque la niña.

Carmencita Rubert

Murió a los diez días de nacer.

La madre nunca se recuperó de la pérdida y no pudo reemplazarla porque nunca parió a otra niña.

Una niña no puede reemplazarse con otra niña.

Juana Sorita

Vila-real, día 9-2-62

Conocí a un chico que no me fue muy simpático que se llama Juan pero mi madre y sus padres querían que nos casáramos. Yo no le quería. Me invitaron a ir a una fiesta que se llama el Salvador en una ermita en la que hacen verbenas.

Estábamos los dos juntos cuando me saludó un amigo que me invitó a bailar. Fue pesado y no se marchó de mi lado. No le había visto nunca era guapo y simpático y desde entonces en aquel momento me enamoré, pasamos la noche hablando hasta que nos despedimos. Quedamos en que nos veríamos al día siguiente pero yo estaba asustada iba con los padres de Juan me dijeron quién era aquel chico y que hice muy mal en dejar a su hijo solo.

Al día siguiente yo estaba deseando ver al Alfonso que conocí aquella noche pero no le vi.

Cuando fui yo a casa de regreso mi madre ya estaba enterada de lo que hice de dejarme a Juan y me dio un revés. Yo le dije que no le quería aunque fuera rico. Prefería un pobre.

Al domingo siguiente subió Alfonso a verme a Sueras también estaba Juan pero hablé con Alfonso. Cuando fui a casa mi madre mis tías todas contra mí me hacían la vida imposible pero nosotros cada día más enamorados esperando el Domingo para vernos. Le dije a mi familia que quería casarme con él y no me hacía feliz el dinero sino quererle. Yo le dije a mi madre que mandara a las tías a paseo no nos hablaríamos pero Alfonso y yo estábamos más enamorados.

Él me escribía, vivía en Onda subía a verme en domingo. Fuimos por la calle unos meses. Él quería entrar en casa y pedirle mi mano a mi madre que ya la había convencido yo, subieron sus padres a pedir mi mano. Mi madre, si le quería yo, ella también, por fin se convenció. Tuvimos 5 años de relaciones y nos casamos el 22 de abril del 54 en el que somos muy felices, el Señor nos ha dado un hijo que tiene 6 años hemos pasado muchas enfermedades. En un año estoy operada de la vesícula pero con ayuda de Dios lo pasamos todo y somos muy felices.

Juanita modificaba la realidad de los acontecimientos según se le antojaba. Llevaba tres meses mirando al vacío. Se iba consumiendo y obligaba a su generoso cuerpo a seguirle el ritmo, pero el cuerpo no la acompañaba. Dormía durante el día y hablaba sin parar durante la noche. Nos acercábamos a ella y no nos reconocía. Su mirada nos atravesaba. Ay, Alfonsito, decía.

Alfonso, lo que yo pienso en ti, día tras día, noche tras noche, siempre te tengo grabado en mi pensamiento no se me borrará nunca ese nombre tan feo que tienes pero para mí no hay otro más bonito que ese Alfonsito como tú lo eres ¿no te parece que eso es así?

Tu saps que sóc viuda?,[7] decía de vez en cuando la abuela con un hililllo de voz. A la abuela le quedaba poco tiempo. Su cuerpo duro aguantó una semana entera con morfina. Lo único que anticipaba la muerte era un líquido viscoso que se deslizaba por la comisura de la boca, un moco marrón que parecía no tener fin.

> Alfonso, quisiera salir a Navidad para que me vieras en mi traje azul pues mira cariño no me conocerás si me hubieras conocido pues como estaba tan gorda y ahora por culpa de la enfermedad parezco una caña pues no me estará tan bien pero paciencia (Sueras, 1949).

> Juanita, yo de todas formas te quiero demasiado, y tú la carne en cuatro días la recuperarás y tu traje y cualquiera te estarán bien, porque como tú tienes buena percha estoy seguro que por donde pasarás todos te se quedarán mirando (Bétera, 1949).

Juanita siempre fue una mujer exuberante de carnes desbordadas que amarraba con fajas y sujetadores color ocre. Vivía en armonía con su cuerpo, abrazaba su carne, lucía dos enormes pechos en los que dormí muchas veces escuchando su respiración y su vocecilla afilada susurrando canciones sin letra. La carne de la abuela era tibia. Su voz, el lugar seguro y dulzón de la infancia.

Hacía casi un año que su cuerpo suave y esponjoso había pasado a ser sólido y a respirar con dificultad. Ella quería huir, pero el cuerpo la engullía. Cuando la visitaba me fijaba en su mirada y en la boca. En la mano que temblaba. La cogía y la mano dejaba de moverse. Estaba ca-

7. ¿Sabes que soy viuda?

liente. La sensación térmica me llevaba hasta el pie frío del abuelo, tres años antes, en el mismo hospital, después de sostenerle la mandíbula con fuerza durante unos minutos porque había muerto. ¿Ya? ¿Ya está?, preguntaba la abuela. Yo observaba la paleta de ocres, tierras y violetas en la piel vieja del abuelo. ¿Qué motivo tenía mi pintura, cualquier pintura, después de contemplar la superficie más bella?

La abuela mantenía los párpados medio cerrados y su mirada atravesaba la pared de la habitación. Llevaba una bata azul que no podía cubrirle el cuerpo. Observaba sus pechos sobre el vientre y venía el recuerdo de cómo él le abrochaba el sostén después de que la operaran del brazo. La abuela suspiraba. Estuvo casi tres años hablando del mismo muerto.

Alfonso, he recibido tu cariñosa carta enterándome que estuvo tu padre en Valencia y no pudistes ir a verle pues con las ganas que tenía tu madre de que fueras para ver como estás si es que has adelgazado o has aumentado. Pues mira Alfonso yo peso 62 kilos así es que ningún traje me viene bien no puedo ir vestida pues tengo que hacerme un traje nuevo porque si no me tocará llevar abrigo pero no te asustes que me está muy bien la carne.

El cuerpo de la abuela expulsó a un embrión antes de tiempo, pero no se despidió de él como hice yo con mis mosqueteras. Ella lo cogió de las bragas y lo tiró al váter. Un día, al volver del mercado, le salió por el coño un grumo del tamaño de un riñón. Debía de estar embarazada y debió de perderlo, decía: *«Però jo no sabia res! Era aixina»,*[8] decía, *«i estava ple de sang»,*[9] y cerraba el puño de la mano dere-

8. ¡Pero yo no sabía nada! ¡Era así!
9. Y estaba lleno de sangre.

cha. La mano izquierda la colocaba debajo, encorvada, como si fuera una cuna. El día 16/01/2018 la paciente Paula Bonet, gestante de embarazo triple de 9,4 semanas, ingresó en el hospital de forma programada para evacuación uterina. Durante el ingreso se le realizaron las siguientes exploraciones complementarias: analítica sanguínea, legrado obstétrico aspirativo e instrumental bajo sedación, anatomía patológica para estudio histológico, genética para estudio citogenético. El día 16/01/2018 la paciente es dada de alta. Debe seguir el tratamiento recomendado al alta y programar una visita en consulta a las 3-4 semanas. Debe acudir a urgencias en caso de hemorragia, fiebre, dolor creciente o mal estado general.

Juanita era una mujer incontinente. El abuelo no hablaba nunca y la miraba con una sonrisa tierna. Alfonso, yo te contaría cosas y así te distraería un poco la pena aunque no sea muy habladora pero tú me dices que parezco una arradio pues cuando vengas tengo más cosas que explicarte que pasan muchas por este pueblo de risa y cosas graves. A la abuela le gustaba hablar de sus dolencias pero su aborto no estaba en la lista. Hablaba con gravedad de los largos meses que pasó en los hospitales de varias ciudades españolas y de cómo el abuelo restauró los muebles de toda la planta para recibir mejor trato. «¿Por qué están las monjas tan pendientes de usted?» «Pues porque mi marido llevó unos ramos de flores a la capilla y han visto que somos creyentes.» El médico le recomendó que se volviera a quedar embarazada. Desconozco qué le sucedía exactamente y qué vínculo había entre el sufrimiento y un nuevo parto, pero si la abuela gestaba y paría a una mujer, todas sus dolencias pasarían al otro cuerpo.

También tuvo problemas con la leche que le subía al pecho. La abuela contaba que, si alimentaba a su hija con aquel líquido blanco, la hija podía morir. Así que buscaban nodrizas y ella amamantaba a una perra.

Imagino que cada una de las mujeres de mi familia lo ha entendido todo un poco después de muerta, mientras descansaba en la superficie blanca del interior de la caja de madera. Algunas estaban depositadas en el ataúd con la medalla de la Virgen de la Purísima sobre su pecho y su mejor vestido. Otras tenían una tela blanca tapando su cuerpo y únicamente se les veía el rostro limpio, una piel muerta que parecía haber rejuvenecido. *«No toques a la uela que té una bactèria. Si vols fer-ho, posa't els guants.»*[10] Las imagino mirando las caras de las personas que nos acercamos mientras reconstruyen su vida desde la inmovilidad. Pienso que es entonces cuando comprenden cómo de cruel ha sido el mundo con ellas. Fueron la hija de Juan, la mujer de Agustín, la madre de Alfonso. Pero muertas se saben Pura Mompó, Carmen Mompó, Juanita Sorita.

Era la abuela la que estaba enferma y había dejado de comer, era ella quien había perdido la noción del tiempo, la que nos miraba inmóvil desde un lugar lejano con el pelo pegado al cráneo.

Juanita, me gustaría pasar los domingos contigo porque por aquí siempre me falta una cosita que no la tengo, siempre pensando y diciendo entre mí qué hará mi cariño a estas horas por ese pueblo tan feo, que a ti no te pertenece porque tú eres más bonita que las calles empinadas y tuertas que hay por ahí.

Era la abuela la que estaba a punto de morir, la que dejaba tirado su cuerpo en el mundo de cualquier manera,

10. No toques a la abuela que tiene una bacteria. Si quieres hacerlo, ponte los guantes.

la que no iba a volver al pueblo que enfermaba al unísono entre fachadas de cal y olor a algarrobos, pero era en el abuelo y en su muerte en quien yo soñaba. Era suyo el cuerpo tibio que miraba y manoseaba y colocaba en una posición cómoda, el cuerpo que había rejuvenecido en una tumba abierta tapizada de blanco. Abrazaba un cuerpo de hombre que olía a madera y a resina y a cola blanca.

Madre: Mira que me dice la enfermera.

> → *Reenviado* ¡Buenos días! Juanita está consciente y alerta, contesta bien, habladora como siempre. Esta noche también ha estado de fiesta (emoticono de mujer rubia con la mano en la cara).
>
> → *Reenviado* Mi noche del jueves durmió. También es verdad que me dicen que duerme bastante de día... El tratamiento está ajustado por la neuróloga, a ver si lo acierta pero a veces es difícil... paciencia. Empezará la rehabilitación en breve. El martes le harán analítica.

Hermana: ¡Qué bien!

En el mismo chat, una foto de mi sobrino de un año. Lleva un gorro de oso, uno de esos que se atan en la barbilla y cubren la cabeza entera. Llora y un brazo adulto le sujeta el brazo izquierdo.

Cuando alguien muere, las vivas somos aves de rapiña y vamos a buscar todo aquello que hace que el muerto siga con nosotras. Al abuelo le quité el anillo de bodas que hacía girar en su dedo cuando nos cogíamos las manos. A la abuela, las cartas del abuelo, así que de la abuela no conservo nada, ni una camisita. Le robé a la muerta las palabras que la viva había guardado en su mesilla de noche sin darme cuenta de que con mi acción también yo participaba de aquello que hace que, incluso muertas, nosotras importemos menos.

¿Y dónde estabas tú pequeño niño?

RAÚL ZURITA

El techo es muy bajo. Las paredes están pintadas de un amarillo estridente que vira a lima. Los muebles toscos no invitan a la conversación, no imagino un culo deseoso de descansar en ellos.

La última vez que vine a Santiago de Chile, Javier me esperó en el aeropuerto y me llevó en su coche a la casa que había alquilado en Pedro León Gallo. Hacía la ruta Santiago-Buenos Aires y me dijo que esperaría en el aeropuerto hasta que llegara mi vuelo.

Cuando salí por la puerta estaba de pie con su uniforme azul y su gorro de piloto apoyado en el pecho. Tenía cara de cansado. En el coche me habló de su hijo, que estaba a punto de cumplir ocho años, y yo le hablé de mis abortos, le dije que estaba planteándome la maternidad en solitario y él habló del pobre niño que nacería sin la figura de un padre.

El miércoles pasado, mientras cenábamos en el restaurante del Hotel Singular, se apresuró a pedirme disculpas por su comentario del año anterior. Había sido muy brusco y era probable que no tuviera razón. Además –dijo– no se dio el tiempo a pensar en el lugar oscuro del que venía y lamentaba haber sido tan torpe.

Cuando entro sola en el Singular nunca paso de la barra de madera que da a la calle Merced. Me gusta sentarme allí, pedir un pisco sour, mirar el ajetreo que hay afuera. A veces leo o dibujo, pero siempre vigilo la calle que me acogió la primera vez que crucé el Atlántico.

La calle Merced es también el lugar en el que abracé por primera vez a Javier, que entonces tenía veintitrés años y bebía piscolas en lugar de whiskies con clavo. Desde el año 2001 he vuelto a Chile unas diez o doce veces y siempre nos hemos encontrado. En las Fiestas Patrias de 2015 su madre sonrió al ver que nos acercábamos de nuevo. Desde entonces hemos vuelto a estar juntos en su casa de la montaña, en un hotelito de Valparaíso y en la casa que yo arrendaba en Julio Prado antes de empezar a arrendar la de Pedro León Gallo. El miércoles pasado estuvimos en el hotel de paredes amarillo limón después de la cena en el Singular. Si levantaba el brazo tocaba el techo con la palma de la mano.

Javier me preguntó qué pensaba hacer con respecto a mi maternidad. Sé que debería planteármela en serio porque mi reserva ovárica es ridícula, pero no consigo sentarme conmigo y mirarme a la cara. Si pienso en un embarazo sueño que me desangro, que las náuseas son insoportables, que en el momento del parto de mi coño sale una perra, una galga elegante y hermosa y sucia.

Cuando se rompió el condón, pregunté si en Chile se podía conseguir fácilmente la píldora del día después. Javier se rió, como siempre cuando hago una pregunta que le parece absurda o que contiene una burla lejana de conquistadores y conquistados, de madres patrias y de reservas indígenas. A mí me carga esa risa. Pero más me carga que esa diferencia siga soltando un tufillo agrio, que no desaparezca por completo.

Después de pasar la noche con él volví al Taller 99 con la ropa del día anterior y preparé más planchas. Las corté, las biselé, las bañé con agua tibia y ácido cítrico. Las fregué fuerte con un cepillo de cerdas duras. Sequé las planchas y las llené de manchas que me trajeron de nuevo la piel de mi abuelo casi muerto. Pinté con alcohol y tóner serpientes y conejos despellejados. Dos embriones malformados. Cuando secó el alcohol quemé la plancha por detrás y la acidulé con ácido fosfórico, ácido tánico y goma arábiga. Solo faltaba estamparlas. Me tentaba la idea de dejar abandonados a esos dos embriones debajo de alguna mesa. Que pensaran, al encontrarlos, Pucha, la Paula se dejó olvidadas las planchas grandes.

Después del encuentro en el Singular soñé por primera vez con un embarazo sano. Notaba mi tripa tirante y un bebé que se movía y sentía que iba a ser muy fácil, que iba a parir a aquel niño como quien se desliza por la nieve sentada encima de una lona de plástico y que lo iba a querer harto.

Mientras escribo esto con el recuerdo del niño sano en las tripas y las planchas de embriones malformados en la bodega cruzo el Atlántico de vuelta. Ya no estoy en el hotel amarillo, ni en la calle Merced, ni en el taller. Atravieso una tormenta. El autorretrato no solo está en esas serpientes y esos conejos sin piel, también está aquí en este avión que atraviesa nubes y lluvia y truenos.

Nos informan de que hay una emergencia. Aterrizaremos en Brasilia, vendrá un equipo médico, repostaremos y seguiremos nuestro viaje. Nunca he estado en Brasilia. No nos dejan levantarnos y tenemos que volver a colocar los asientos en posición vertical. Es de noche y no se ve nada. De la enferma sabemos que está en un asiento de las últimas filas y que es una mujer mayor. Me encojo pensando en la angustia que debe de estar viviendo y en lo lejos que me siento de ella. Intento volver al sueño. Me tapo los ojos pero no consigo dormirme. Vuelvo a la mesa del Hotel Singular, le hablé a Javier sobre Naty Menstrual, una escritora transexual que conocí en la Feria del Libro de Bogotá. Vimos los vídeos que grabé cuando fuimos a su recital en un cabaret llamado Bukowski, y Javier rió. Pucha, pero lo que cuenta la flaca es muy triste. «Vamos a las marchas unidas para intentar ser aceptadas, desplegando banderas y cantos reivindicativos, pero la realidad es otra, aunque a veces juremos que no la vemos. Los putos no se bancan a las travas, en muchos boliches de lesbianas los gays directamente tienen la entrada prohibida, salvo que sean íntimos amigos de alguna conocida, las travestis con tetas se ríen de las destetadas, las que tienen siliconas caras de las que tienen solo aceite industrial, el puto concheto del puto grasa, el activo del pasivo, y así vamos..., unos contra otros sin piedad, con una actitud Blumberg donde solo vale la justicia y la tolerancia para uno mismo, y el otro... que se cague.»[11] Naty transgrede todo el tiempo. Incomoda a los camareros, a los asistentes a sus charlas: «¡Vaya morocho hermoso el de la segunda fila! Sí, tú, tú. ¡Qué bien está dejando Colombia a su ciudadanía con este ejemplar de macho negro!», a los taxistas, a los recepcionistas, a quien se le cruce por delante. Les pone un espejo en la cara. «A ver, Paula, ¡dime!», se toca el pelo largo y rubio, señala su carmín y sus tetas. «¡Dime qué más he de hacer para que no me llamen señor!» Pasa de la gravedad a la ligereza. Esa es su arma: la palabra que muta y denuncia y una apariencia que unas veces intimida y otras abraza. Habla desde los márgenes. De qué te alimentas es hacer

11. Naty Menstrual, *Batido de trolo,* Editores Ignorantes, 2019.

política. Cómo te vistes es hacer política. Los lugares que frecuentas son hacer política. Habla de lo caras que salen las ferias porque tiene que cargar con demasiadas joyas y demasiados vestidos. «Nada deja de ser político. Todo es político. No hablo de política partidista porque no me va, las cosas que hace, las cosas que dice, todo es político. La gente a veces piensa que política es solo lo que hacen los senadores, los presidentes, los "políticos", pero tu forma de vivir es una forma de hacer política, de militar, aunque la palabra "militar" es horrible.»

La tercera mañana en Bogotá coincidimos en el desayuno. «¡Cómo sabes lo que me gusta, morocho!», le dijo al camarero que le trajo el vaso de leche. Se colocó sus joyas de plástico y me preguntó por mi trabajo. Hablamos de Dacia Maraini, de Joanna Russ, del derecho de pernada todavía vigente en algunos lugares del norte de Argentina. Hizo un comentario sobre mi vestido y mis tetas. Vio que llegaba tarde a su charla y me pidió mi labial. Mis labiales están todos medio rotos, parecen una pequeña isla vertical mordida en la base por un mar picado. Quitó la tapa y me miró. ¿Cómo dejarás las pollas?

> La mosca ya sabía que aquel hielo que la atravesaba era la muerte. Eso era lo más espantoso. Lo más inesperado. Ella sabía. Y aceptaba.
>
> M. DURAS

El abuelo de Javier eligió morir en la cordillera de los Andes, perdido en la gran tarta de nata helada. Visitó a sus familiares y se las apañó para que a nadie le sorprendiera el derroche de amor de aquella despedida camuflada. Después de los abrazos y algunas borracheras se adentró en las montañas y murió congelado, se transformó en un lobo de hielo blanco. Javier acaricia las cimas y la nieve cada vez que sobrevuela la cordillera, en algún punto de toda esa blancura yace ese señor arisco que asoma en sus gestos.

Mi abuelo no quería morir. Cada vez que llegaba al hospital lo vaciaban de excrementos por la nariz y el dolor lo encogía, se convertía poco a poco en un pajarillo de huesos frágiles lleno de llagas que apenas podía moverse. La piel se iba tiñendo de tierras sombras tostadas que en algunas partes de su cuerpo eran casi negras, parecía que el líquido se filtrara a través de su piel. Salía de los huesos y atravesaba músculos, tendones, grasa, colágeno, nervios, hipodermis, glándulas sudoríparas y terminaciones nerviosas, hasta llegar victorioso a la epidermis. También los verdes de sus carnaciones se acentuaban, y los ocres. «Y no pintes ningún rubor en las mejillas, ya que los cadáveres no tienen color; por el contrario, toma un poco de ocre amarillo y prepara tres tonos para la carnación, mezclándolo con albayalde, témplalos como de costumbre y aplica cada tono en el lugar donde le corresponda, difuminándolos bien entre sí, tanto en el rostro como en el resto del cuerpo. (...) Y de la misma forma, aplica varios tonos de verdacho en los cabellos (que no parezcan vivos, sino muertos).»[12]

El abuelo debería haber sabido, pero no aceptaba. Sus ojos eran los de un vivo habitando un cuerpo de un casi muerto y el dolor atravesaba las habitaciones del hospital, las carreteras, todas las paredes de todas las casas que había entre su cuarto aséptico y mi casa que huele a aguarrás. Durante aquellos meses dibujaba con ese dolor. Pensaba con ese dolor. Mi abuelo debía de saber y yo debería haber sabido: el viejo se estaba muriendo. Él me mandaba notas de voz, y yo le contaba que en breve conocería Lima. Le decía que no olvidara que teníamos que hacer el libro con los cuentos que se inventó en mi infancia.

Su voz me decía que sus ojos brillaban, y yo pensaba que sí, que en el hospital lo volverían a dejar a punto y pronto estaría en casa.

12. Cennino Cennini, *El libro del arte.*

> En la vida llega un momento, y creo que es fatal, al que no se puede escapar, en que todo se pone en duda: el matrimonio, los amigos, sobre todo los amigos de la pareja. El hijo, no. El hijo nunca se pone en duda.
>
> M. DURAS

Mi abuelo murió, la abuela se fue con él dejándonos al cuidado de su cuerpo grueso, y un poco más tarde mis hijas fueron lanzadas de mi útero a un cubo de basura.

Algunas mujeres han tenido que parir a sus hijos sabiendo que estaban muertos. Pienso en el dolor de esos partos, en la amargura de expulsar un cuerpo sin vida con el que se ha estado conviviendo durante meses. La italiana Dacia Maraini dice que la sombra de su bebé peludo de manitas rosadas nunca la ha dejado. Lo llama Perdi y lo ha imaginado con diez años, con quince, con veinte, ha estado toda su vida dialogando con él. Mi tía Carmen parió a su hija viva, pero a los pocos días la pequeña murió. A ella sí que pudieron enterrarla. Nada de Perdis y mosqueteras mezcladas con gasas, vías, cacas y jeringuillas en cubos de basura. Carmencita tiene su pequeño nicho en el cementerio del pueblo, cerca de sus abuelos, pero a su madre le cuesta visitarla.

Pinto embriones con acrílico sobre papel. Tonos terrosos, ocres y rojos muy transparentes que anulo con la fuerza de la mancha blanca. No me sirven. Preparo varias planchas de cobre. Las biselo, las limo, las lijo y las desengraso. Después he de barnizarlas.

Barniz dibujo
Receta de Rafael Munita, Taller 99, Santiago de Chile.
• 200 g cera de abejas.
• 100 g pez de Castilla (colofonia).
• 100 g betún de Judea.

Se funden en este orden y queda el barniz de bola, agregando trementina (con cuidado al baño maría) se consigue el barniz líquido y cremoso.

Barniz blando: El mismo que el de dibujo con grasa animal. 1:1

Nota: Tú sabrás qué agregarles para transformarlos en conjuro.

Aplico el barniz y lo ahúmo con fuego. Cuando la plancha se enfría dibujo con la punta de acero. No aprieto, solo lo desplazo de los lugares donde quiero que después haya una línea. Desprotejo las zonas de la plancha que más tarde morderá el ácido. El cloruro de hierro tiñe todo de amarillo. El borde gris y ancho de la cubeta en la que trabajo parece un campo de trigo. Los chorretones de ácido han intervenido la madera. También el suelo es una pintura. Es curioso que nada de ese amarillo se cuele después en la estampa. Tengo color en los dedos, en la ropa y en un trozo de carne del brazo que me empieza a picar, pero no hay rastro del líquido corrosivo ni en la plancha ni en el papel.

Necesito contar algo y no encuentro el modo, no sé hacia dónde dirigirme, no tengo palabras para nombrarlo y tampoco pistas claras del lugar al que he de ir para entenderlo. La línea del aguafuerte es dura, el entintado es brumoso, pero la línea se impone. No es esa la línea que busco. En un tarro o frasco echas pez de Castilla, puede ser en varios envases con distinto molido, y lo cierras con una media, un calzón o una camisa. Así conseguirás distinto tamaño de grano. Lo aplicas golpeándole el poto (obvio que con mascarilla, ese polvo es tóxico). Suerte y abrazo, me dice Rafa Munita.

Añado una aguatinta al aguafuerte. Primero desengraso la plancha, después coloco la pez de Castilla golpeando el culo de un bote de cristal al que le he atado unas medias viejas a modo de red y finalmente quemo la plancha para que la colofonia quede fijada. Reservo con barnices, muerdo con cloruro de hierro y tampoco me sirve.

Pensaba que si me empeñaba en pintar todo el tiempo a mis hijas no natas acabaría aborreciéndolas y apartándolas de mi cabeza. Las pintaba y las grababa pero seguía lamentando su muerte.

Decido preparar TAPEM.[13] Rafa me vuelve a pasar la receta por WhatsApp cuando le escribo con la emergencia de que mi mezcla tiene grumos y está caliente. Aléjate del frasco, me dice. Después teclea las cantidades exactas de producto y me recomienda que me deshaga de mi mejunje.

1. GOMA mitad del frasco.
2. ÁCIDO TÁNICO 4 cucharadas de té.
3. ÁCIDO FOSFÓRICO 8 ml.
4. Ajustar PH con fosfórico. Añadir ácido para bajar el PH, goma arábiga para subirlo.

Es con la algrafía, que deforma la mancha, que disuelve el ego, que confunde el trazo, cuando empiezo a leerme en la imagen. Son las manchas que trazo sobre el aluminio las que me hablan de una malformación sin ningún tipo

13. Tannic Acid Plate Etch Mix.

de filtro. La exploración ecográfica muestra el útero aumentado en tamaño, en cuya cavidad se observa un saco gestacional con tres embriones inmóviles de 10 mm, 6 mm y 4 mm de C.R.L., en los que no se han detectado latidos cardíacos a pesar del minucioso examen realizado. El tamaño del saco gestacional es de 40 mm. Edad gestacional corregida por ecografía de 7 semanas. En anejo derecho se observa ovario de 30 mm. En anejo izquierdo se observa ovario de 25 mm. Aborto diferido. Es la algrafía la que me aleja de la metáfora y me hace entender que los seres que gesté, los tres, no podían nacer. No puedo acariciar con las manos lo que no puede abrazarse. Fueron las paredes del útero las que tocaban a mis monstruas con ojos en las tripas, genitales a medio hacer, cabezas planas y estómagos sin esófagos a los que agarrarse. Que en mi situación es conveniente realizar un legrado evacuador obstétrico. El principal propósito es limpiar la cavidad endometrial de restos ovulares. A veces puede ser necesario un segundo legrado para completar esta evacuación, sobre todo en los casos de aborto diferido. La intervención consiste en la dilatación del cuello uterino si es preciso, y extracción de restos ovulares con el material quirúrgico apropiado o bien por aspiración. En algunos casos es necesario colocar el día anterior a la evacuación tallos de laminaria para lograr la dilatación cervical, asociado a la aplicación de goteo intravenoso de oxitocina. Con la algrafía sé que no puedo pensarlas sentadas en la mesa de la cocina mientras preparo la cena, ni en los baños de media tarde que quitan el barro del patio del colegio y los restos de rotulador, ni en los cuentos que podríamos haber leído en la cama antes de que se durmieran rendidas por todas las monstruosidades a las que habrían expuesto a sus compañeritas de clase durante el día. Las mosqueteras han existido solo durante tres meses. Solo a mí me cambiaron hábitos y condicionaron mi manera de pensar. Yo no les preparé ningún desayuno, pero ellas disfrutaban haciendo que vomitara el mío.

Cuando huelo el pesto las riño de nuevo porque sigo oyendo las risas del día de fin de año en que me sacaron la salsa verde del estómago por la boca y la nariz. Mis tres pequeñas monstruas me hacían llorar, me hicieron ver que las casas tienen los techos más bajos de lo que nos pensamos, que el amor muchas veces no está en la persona que se acuesta cada noche a tu lado. También me enseñaron a amar una tripa que dolía. A mirar con respeto mi cara cansada con mueca al sonreír por el estado de buena esperanza que el resto del mundo celebraba. La cara que veía en el espejo era un borrón de pintura seca, una imagen que siempre había sido la imagen de otra, el rostro de una señora que asistía a un aquelarre alrededor de una sombra negra con una muselina blanca en la cabeza que acentuaba la oscuridad y deformidad de su rostro.

Me había convertido en la señora que observaba sosteniéndose el vientre con las dos manos, arropada por unas viejas que solo ella ve, con la boca sin gesto, abriendo mucho los ojos. Una pintura negra, el resultado de capas y capas de pintura terrosa y blanca veladas con negros y tierras. La veladura y el trapo. La veladura seca. La veladura velada de nuevo. La sombra más profunda. No soy yo quien se come a sus hijas, son ellas las que me devoran. Las quiero proteger, las cuido a pesar de la náusea. Amo a las monstruas que descansan en mi vientre con el corazón parado. Les agradezco que hayan matado en mí toda esa sangre que me mantenía presa en la más absoluta ignorancia.

Apreciable Alfonso, por mucho que yo te diga sigues tú siendo tan fresco. Me dices que tenga paciencia si te quiero aguantar entre las penas que sufre mi corazón ser buena y pasar por mala que es la penita mayor. Maldita sea mi suerte busqué el querer de tu alma y he visto que no lo tienes prefiero que en nuestros amores no haya misterio ninguno. Quiero el hombre que se case conmigo quiero que me encuentre bien limpia así es que tú si es que vienes a mi casa por querer abusar yo no voy a permitirte todas esas tonterías. Tú cuando vienes a mi casa se te respeta como te mereces y yo no soy respetada tú siempre con tus palabras frescas y con tus manos largas. Que parece que me tengo que fiar yo de ti siendo que me dices que me tenga que acostumbrar a tus vicios y eso no lo lograrás.

Recuerdos de toda mi familia.

Adiós.

La erizada y gruesa piel del brazo.

Llena de pelos. La piel fina de las ingles.

El roce de la goma de las bragas: la piel roja.

El pubis negro, oscuro, poblado, una selva negra tupida en la que hundir los dedos.

La piel seca de las piernas.

Las rodillas y los codos.

Los codos rugosos y oscuros.

Los codos rugosos y oscuros llenos de costras.

Estoy desnuda delante de un espejo. Me miro de reojo, como cuando era incapaz de desnudarme ante mí misma con la única intención de desnudarme ante mí misma, incapaz de enfrentarme a mi reflejo sin haberme puesto antes unas bragas y una camiseta. Soy una mujer cualquiera que habita un contexto que me dice claramente cuál es el lugar que ocupo. Si amas tu prisión te sentirás realizada en la vida.[14] Durante mucho tiempo he sabido perfectamente cómo funciona el deseo masculino porque leí sobre él y lo vi en películas. También porque mi primer amante me doblaba la edad y como era tan buen orador –dentro y fuera del aula– supo comunicármelo con mucha eficacia a una edad temprana, pero me he tenido que enfrentar demasiadas veces a mí misma para saber algo del deseo del género al que pertenezco. Puta. Después de mi séptima ruptura y en pleno desconsuelo, mi padre me dijo que a las mujeres como yo en su época nadie las quería. Así es como se nos vuelve a colocar en nuestro sitio. Soy la alteridad, el objeto que solo ha de pensar para poder parecerse al de la valla publicitaria, al de la revista, al del porno no hirsuto dirigido por hombres: «marchitará la rosa el viento helado».[15] Mi piel tiene que ser suave en los brazos, en las ingles, en el pubis, en las rodillas y en los codos. Mi piel ha de ser siem-

14. Simone de Beauvoir.

15. Garcilaso de la Vega.

pre joven para ellos, porque si no se irán con una más joven. Intenta irte tú a tus cincuenta con uno de veinte. Depravada. Babosa. Asquerosa vieja de mierda.

Dacia Maraini habla de cómo nuestros cuerpos, derechos y maternidades son el campo de batalla donde el patriarcado despliega toda su artillería. Adrienne Rich habla del cuerpo de la mujer como algo impuro y corrupto que amenaza a la masculinidad: algo que desea y es diabólico y sangra y se corre. Y lo enfrenta al cuerpo del único otro tipo de mujer que el patriarcado concibe: el de la pura, asexuada y sagrada. El de la virgen. Nos enfrenta a nosotras mismas, nos manipula, nos llena de frustraciones, nos somete.

En mi pueblo las mujeres se dividen en dos bandos.

Unas adoran a la Virgen de la Purísima y otras a la Virgen del Rosario.

En mi pueblo o eres purisimera o eres rosariera.

En octubre todo el pueblo es de color rosa: mantones rosas en los balcones, ropa rosa en los escaparates de las tiendas de moda, merengues rosas en los estantes de las pastelerías, papelitos rosas cortados muy finos emparrando las calles.

En diciembre es azul: mantones azules en los balcones, ropa azul en los escaparates de las tiendas de moda, merengues azules en los estantes de las pastelerías, papelitos azules cortados muy finos emparrando las calles.

Yo soy purisimera porque mi abuela era purisimera y también lo fue su madre y así hasta tiempos inmemorables. La semana de fiestas (misas, procesiones, actuaciones, comidas) es precedida por varios actos. El primero es un viernes de noviembre. Cuando era pequeña me encantaba ese viernes, era el principio del frío-frío y era un día especial porque no iba del colegio a casa, pasaba por casa de la abuela, cenábamos antes de hora e íbamos juntas al acto.

En la Velaeta hay debates, actuaciones y lecturas. El final del acto se corona con una estampa viviente a lo Murillo. Una Purísima Concepción rodeada de flores, nubes y ángeles, coronada con estrellas, que al final se eleva. El momento de la elevación era lo más emocionante y en mi cabecita de niña envidiaba siempre a la virgen de turno. Imaginaba el momento en que le habían colocado el arnés y las cuerdas transparentes, intentaba olvidarlo cuando se acercaba el momento del despegue para no joderme el final, envidiaba la sensación de ligereza. Todas las niñas de clase soñaban que volaban y yo, por más que me esforzaba, nunca lo conseguía.

Cumplí trece años y la Velaeta me dejó de interesar, pero fue entonces cuando recibí la llamada. En mi casa la alegría era enorme: yo iba a ser la Virgen.

Aquel año no hubo arnés ni cuerdas transparentes. No pude volar ni encarnando a un ser santo. Recuerdo que unos minutos antes de salir dije finalmente con contundencia lo que iba repitiendo en voz bajita durante los meses que duraron las pruebas y confección del vestido y el día que estaba en la peluquería peinando mi pelo de futura Virgen (en mi cabeza, una melena larga y ondulada que me tapaba las tetas y caía con gracia; en la vida real, una media melena planchada que no llegaba a tocar los hombros). Le dije a mi madre que no salía. Que era incapaz. Que me daba vergüenza. Los angelitos y la luna y el sol ya estaban colocados en el escenario de manera que cuando yo ocupara mi espacio besarían mis pies, y acabé subiendo los escalones entre sollozos. *«No mires molt cap amunt que en eixos ulls que tens només es vorà blanc i farà por.»*[16]

16. No mires muy arriba que con esos ojos que tienes se verá todo blanco y dará miedo.

Se levantó el telón. Las señoras de la primera fila murmuraban: «*Què bonica la néta de Juanita, hasta s'ha emocionat, mireu com plora.*»[17]

A la Virgen Azul las bragas le hacen marcas en las ingles.
Tiene los codos rugosos y pelos en los brazos.
Mira hacia arriba con unos ojos blancos que dan miedo.
La Virgen Azul desea,
es diabólica,
sangra
y se corre.

17. Qué bonita la nieta de Juanita, hasta se ha emocionado, mirad cómo llora.

Debajo de los hombros
el cuello del vestido.

Dispuestos
los brazos
sin mangas.
La tela en las costillas.
Flexionadas
las piernas.
Los muslos
relucientes.

El rostro
fragmentado
en un espejo.

Los ojos redondos.
La boca grande.

El cuello
en el reflejo.

Areola
costilla
tela.

Arremangadas
las bragas
en la ingle.
Mi carne
un dedo.

Lame
la leche
del suelo
el gato.

Mira, tú levantas la pierna y pones el dedo índice en el centro. Con el otro separas el labio mayor. Con el dedo ahí puedes pasar la cuchilla sin ningún miedo a hacerte daño. Puedes poner un poco de suavizante para el pelo y resbalará mejor. Queda genial. Suavísimo. A los tíos les flipa. Y Ana se bajó los pantalones y me enseñó su coño recién rasurado mientras yo apuraba la lata de cerveza. Aquella noche íbamos a salir y era probable que conociéramos a alguien, Ana quería impresionarlo con su coño suave. Le pedí que me repitiera la maniobra. Yo no pasaba de depilarme las ingles con pinzas los días que sabía que iba a ir a la playa. Sudaba en el pequeño lavabo mientras realizaba el descuaje. Después recortaba un poco con las tijeras de bordar de mi madre. Pero no podaba siempre porque me encantaba mi selva negra. Me encantaba hundir los dedos en lo mullido de mi vello púbico.

Escuchaba a Ana por segunda vez y no sabía si sería capaz de hacerlo. Pensaba en la Huppert cuchilla en mano automutilándose en la bañera. Seguro que si hacía lo del dedo y la cuchilla acababa como la pianista y lo ponía todo perdido de sangre. A lo mejor resbalaba y me golpeaba la cabeza. Un corte en el coño debía de doler mucho.

Bajamos a un bar. Me encontré con un amigo de una amiga y al final de la noche acabamos en mi casa. Después de todo el magreo y de los lametazos en cara y tetas, me bajó la falda. Joder, pensaba que lo llevarías más arregladito, dijo. No supe mandar a aquel chico a la mierda y empecé a «arreglarme el coño». Empecé a estar también más atenta a los sobacos y a las piernas. A mis casi treinta la broma «Es que soy de Bellas Artes» mientras levantaba un brazo empezó a perder la gracia.

La mayor parte de mi vida la he pasado rodeada de mujeres.

En el colegio solo había siete chicos en un aula de un total de cuarenta alumnas. Empecé a estudiar la carrera y mis padres me internaron en un colegio mayor que los hombres no podían pisar. Cuando compartí piso por primera vez lo hice con otras tres chicas. Casi siempre he estado con otros cuerpos que eran como el mío pero que admiraba como nunca había hecho con el propio. Durante varios meses dormí con una de mis mejores amigas mientras ella buscaba piso, por la noche encendíamos las lamparitas de las mesillas y éramos clavadas al cartel de *Domicilio conyugal.* ¿Te molesta la luz, cariño? Cuerpos con pechos pequeños, con pechos colgantes, con piernas largas, con tripas duras, con culos bajos, con pies gigantes, con pelos negros-rojos-rubios, con cuellos largos, con acné, con la piel clara, con pelusilla en el bigote, con brazos generosos rebosantes de carne. Cuerpos que abrazaba y olía y con los que alargaba sobremesas, tardes de lectura, noches de borrachera, y compartía asientos de aviones y camas. Cuerpos con bocas que hablaban entre ellas sobre un deseo que solo podía entenderse con respecto a otro cuerpo del único otro género que nos habían explicado que existía. Las mujeres hablábamos de los hombres. Nos explicábamos cómo depilarnos el coño, cómo endurecer la tripa, en qué peluquería teñían mejor el pelo, nos prestábamos ropa y hablábamos de ellos. Qué hacer para que alguno nos hiciera caso y tácticas para retenerlo después. Y si una noche la mano se deslizaba por uno de aquellos pechos pequeños, besaba un cuello que olía a Amor Amor de Cacharel o se metía en un coño que pinchaba, había sido un error, un experimento, una consecuencia del exceso de vino. Algo que a lo mejor se volvía a repetir en unos años pero que no tenía sentido porque era con ellos con quienes teníamos que estar. Querer a los hombres, cuidarlos, complacerlos, formar una familia donde ellos estarían al mando, aunque nosotras aportásemos más dinero o la casa, y explicarles a nuestras hijas –a las que gestaríamos, pariríamos, amamantaríamos, lavaríamos, vestiríamos y regalaríamos todo nuestro tiempo disponible– todo lo que habíamos aprendido para que ellas también pensaran que estaban siendo felices en aquella vida que alguien había decidido que les correspondía.

Vivir es cierto, morir también.

ROSER BRU

Si hay duda ha de hacerse, dicen. Podría congelar mis óvulos y volver a pensarlo cuando tenga cuarenta. ¿Pero cómo voy a ser madre con unos óvulos manipulados en un laboratorio si lo que me interesa es ser un animal, la experiencia física, ver cómo muta mi cuerpo, saber qué le pasa a mi cabeza mientras hay un ser formándose dentro de mí?

Desde que perdí a mis hijas todo me da igual. No sé qué quiero, cuánto hay de deseo propio y cuánto de imposición. La idea de compartir el embarazo con un hombre, imaginarlo a mi lado en el momento del parto, buscar sus rasgos en el niño o la niña con la que formaremos una familia, se ha borrado de golpe.

Vuelvo a Chile. Tomo un avión en Santiago que se dirige hacia el sur. Alquilo una furgoneta en las Torres del Paine y reservo una habitación en un hotel a las orillas del río Serrano. Es de noche y conduzco lentamente por un camino de tierra, el hotel no está lejos. PARE. El camino acaba y he de dormir en el automóvil. Llevo más de un año durmiendo en el asiento de atrás, donde descanso como en una cama de viscolátex king size. De vez en cuando viene Hombre 1 a pasar la noche conmigo, y me parece que la furgoneta es una habitación de madera con grandes ventanales que enmarcan las montañas más hermosas que he visto nunca. Sé que la habitación de madera existe, solo necesito saber cómo llegar y decidir si lo que quiero es habitarla permanentemente. Hombre 1 me coloca en un simulacro casi real que no se asemeja en nada a lo que ya conozco. Cuando llega soy un gato que se restriega por su boca y se deja cubrir de saliva. Me gusta olerlo en mi piel cuando ya se ha ido. Me gusta que venga y me gusta que se vaya. Una mañana encontré un monotipo en las sábanas. Las quité y las guardé en un cajón. Después recorté el trozo de tela con la mancha de sangre que estampó su cuerpo y la tensé sobre un bastidor. La mancha, que primero era roja, ahora es de un hermoso siena sombra tostada.

Alfonso, he recibido
lo que tú me mandaste
pues has tenido
muy buen gusto
porque me gusta mucho
y veo que piensas
mucho en mí.

Pero yo pienso más en ti
y sufro mucho más cariño

pues de esa ropa
que me mandaste
ahora
te diré
lo que pienso yo hacer
pues un pijama
para cuando tengamos un niño
no te parece cariño
que estará elegantísimo.

Una lengua roja
se desliza hasta el suelo
a través de una sábana blanca.

Después del parto, si el útero no se contrae y se colapsan los vasos sanguíneos que hay entre la placenta y el útero materno, la mujer se puede desangrar y morir, puede llegar a desaparecer del todo.

La primera vez que vi el Inocencio X de Francis Bacon pensé en el coño de mi madre. La sangre chorreaba en el lienzo como una cascada. La boca del papa, en Bacon, está abierta, redonda, sonora, gritona, parece que del interior del sumo pontífice vaya a nacer una verdad terrible. Inocencio X es a la vez paciente vicario de Cristo y cadáver, y la pintura, los trazos verticales, se despatarran en la base creando un efecto de propulsión que eleva a la figura a pesar de su inmovilidad. El efecto es extraño. La mancha bermeja y brillante del cuadro original es en el de Bacon de un tierra sucio, y el barrido posterior es un desgarro, decenas de cuchillos clavándose en la carne.

Mi madre se abre como se abre la boca del pastor universal y mi hermana la atraviesa llevándose a su paso litros de sangre, dejándola seca, transformando su piel en chorritones de plastilina rosa: una llega y la otra empieza a borrarse. La verdad terrible debe de ser esa.

Camilla, sábana, perneras, calcetines de celulosa.

En la imagen que recuerdo, el blanco ocupa el mayor espacio, pero el grito está en la carne y en la sangre. Los muslos forman una uve mayúscula, y una gran protuberancia empuja toda la superficie del suelo pélvico. Mi madre tiene las manos debajo de las perneras, se presiona la base de los muslos, mira hacia arriba con los ojos abiertos, está tranquila. La sangre se condensa en el centro de la carne, que también es el centro de la imagen, y, a pinceladas primero y con fundidos después, se aleja del foco. Pinceladas de dedos y tejidos, huellas dactilares en los muslos, y la suavidad de los contornos imprecisos y delicados del *sfumato,* que convierte la nube de sangre en carne blanda. Rojos cadmios claros que mutan en sienas tostados. El resto de los elementos de la imagen no aporta nada: radiadores, mesas, camillas, tubos, cajones, estanterías, bandejas, compresas, botes, ventanas, enchufes y cables.

Detrás de la carne que se abrirá en breve, la figura de mi padre con una bata blanca. Un padre maniquí que no puede hacer nada. Su intervención se reduce a colocarse en un lugar donde no moleste la medicalización del parto de su esposa, lo suficientemente cerca para que mi madre lo note, un lugar desde el que poder susurrarle que todo va a ir bien y que la quiere.

Un médico calvo con guantes de látex presiona el ano inflado con una gran gasa. Con la otra mano, como si fuera a hacer girar el tapón de un depósito de gasolina, sujeta lo que debe de ser la coronilla de mi hermana. Otro médico sin cabeza está de pie con los brazos cruzados. Mi madre sigue en la misma posición. Debajo de su culo, la sangre empieza a empapar las sábanas blancas de la camilla. La uve se ha abierto ligeramente, pero ella sigue con la misma expresión serena, los ojos menos abiertos, la foto quizás se tomó cuando parpadeaba.

La camilla ya no es blanca, la sangre la ha empapado.

Aparece la cabeza del nuevo ser, que se encalla en la abertura de la vagina del viejo: existe así un ser que vive un breve lapso de tiempo, una criatura con dos cabezas alineadas, cansada la una, la otra agitada por ver la luz. Después de la cabeza aparecerán los hombros y probablemente la madre respirará aliviada. No lo soporto, voy a morir. No puedo. Sí que puedes, lo estás haciendo muy bien. No, no puedo, sacádmela. Si mi madre estuviera en una bañera y no en posición de litotomía, la sangre bailaría con el agua hasta desaparecer y la niña movería los brazos. Primero el izquierdo, después el derecho. Los dos bracitos palpando el agua con las manos abiertas, tocándole el tobillo, impulsándose hacia arriba. En la bañera, mi madre sujetaría a su hija y la deslizaría hacia el exterior. Una monita peluda saldría del agua para gritarle al mundo que acaba de llegar.

Sigue el sangrado
la modificación del cérvix del útero,
se acorta primero
y luego se dilata.
Al contraerse el útero
se expulsan los loquios.
Este sangrado puede alargarse
durante la cuarentena.
Se expulsa el meconio.
Durante el parto

la mujer
orina y defeca
debido al esfuerzo
en los pujos.

Una enfermera sujeta a mi hermana por los pies y ella cuelga como uno de los conejos de la cocina de la abuela. El cordón umbilical parece de plástico violeta. Es rosada y está cubierta de pelo negro. El médico se quita los guantes mientras mi madre sigue con la mirada serena, no se ha despeinado.

«Tot natural, sense epidural ni res, sofrologia»,[18] me dice al verme con las fotografías en la mano.

18. Todo natural, sin epidural ni nada, sofrología.

Pasé parte de la adolescencia intentando borrar de la memoria aquellas instantáneas que mi madre sacaba del cajón del comedor cada vez que mis amigas del colegio venían a casa, y ahora mi deseo se centra justamente en ellas, en el posible desgarro, en la cascada de sangre y mierda. Y en la imagen de una pequeña rata trepando por mi tripa rebozada en orina fetal, arrastrándose ciega hasta amorrarse a mis pezones, pero

las mosqueteras se

llevaron mi carne,

ahora soy una figura metálica a la que han amputado una pierna y parte de la otra.

Cuelgo

de un hilo.

Estoy

suspendida

en

el

espacio

gracias a un alambre que sale de mi ombligo y se eleva hacia arriba. Si muevo un poco los brazos me balanceo.

Me incorporo para mirarme la tripa
y sonrío a un vientre de metal
que no contiene nada.

–Hoy he dejado de hacer una cosa –dice Jerry con un suspiro.

–Mañana no haré nada de ruido –digo.

JOYCE MAYNARD

Han dado la cena nada más despegar. Estamos a oscuras. Afuera sigue habiendo luz, pero aquí la noche es profunda, y la lamparilla cálida del asiento de la mujer de al lado me vuelve pequeña. He cerrado los ojos y estoy con mi madre, que lee en el sofá mientras me toca el pelo.

La mujer apaga la luz.

La gente duerme. Pido un café. Vierto el azúcar y aunque la mueva con cuidado, la cucharilla suena fuerte entre tanto hombre dormido. Paro. Después lo hago más rápido, sin llegar a tocar las paredes del vaso.

La primera vez que reparé en ese movimiento me acababa de separar de alguien cuyo nombre es una palabra que en casa no se pronuncia. Estuvimos juntos casi cuatro años, yo pintaba en mi taller y tenía dos trabajos, él componía canciones. Un día escribió una letra en la que reventaba la cabeza de una chica contra un cristal y decidía, más tarde, acabar con su vida ahogándose en un vaso de aguarrás. Aquella canción me gustaba. La literatura es ficción y aquello no podía ser otra cosa, una metáfora que encajaba perfectamente en un universo creativo que yo envidiaba. De su cabeza salían tormentas tropicales que destruían todo lo que encontraban a su paso, escupitajos, colchones de agua sobre los que fornicar hasta no poder más, cabezas atrancadas en lugares extraños, descargas eléctricas, lenguas de fuego cosidas a paladares y metros de ropa sucia de dudosa procedencia. Cuando volvía de trabajar, él seguía en bata, una antigua novia le decía que con aquello encima parecía un marqués arruinado y a él le encantaba repetirlo. Teníamos veinticinco años.

Se instaló en mi casa y por las mañanas yo no podía hacer ningún ruido. Tampoco podía maquillarme ni ponerme faldas cortas, si llamaba la atención de otros hombres me ponía en problemas. Me duchaba por las noches y dejaba la ropa preparada en el baño y la mochila al lado de la puerta para escabullirme como una anguila silenciosa cuando salía el sol. Las mañanas que no era cuidadosa preparando el café, si golpeaba las paredes de la taza con la cucharilla, el malestar en que vivía empezaba antes de tiempo: Sinnombre se sentaba en la cama con los brazos en el regazo y me miraba con dureza. Después soltaba serpientes y cuchillos por la boca agitando los brazos. Se levantaba y se encendía un pitillo. Seguía escribiendo, y la ficción lo llevaba a enterrar mujeres en el desierto de Sonora, a colgarlas de las aspas de unas grandes cruces, a embadurnarlas de sangre y a contemplar sus desgarramientos. Después, su voz suave y la música pop con trompetita hacían que esos cuerpos sin piel fueran todavía más siniestros. Una voz de mujer salía dulce desde los infiernos para blanquear toda aquella brutalidad.

Al ponerle azúcar al café que preparé la mañana en que él por fin no estaba en la casa, golpeé la taza sin querer. «Perdón», dije, y paré en seco. Después me volví loca: empecé a darle tan fuerte y tan rápido que tiré el café al suelo y a punto estuve de romper la porcelana. Grité con fuerza. Y lloré y bailé en bragas antes de que saliera el sol.

Los primeros meses pasábamos mucho tiempo juntos. Una tarde apartamos los muebles del comedor y Sinnombre proyectó en la pared imágenes de ramitas y de árboles, de mares agitados, me coloqué delante y me quedé quieta mientras él disparaba varias fotos. De mi coño salía un largo árbol que me llegaba hasta las costillas, mi tronco lo abrazaban unos arbustos revueltos, por mi cuello subía sinuosa una enredadera.

Apreciable Alfonso, he recibido tu cariñosa carta en la cual veo que estás bien, la mía por lo presente bien. De lo que me decías que del año pasado a este parecía una cabra sin pastor, pues bien es que me faltaba el pastor y deberías ser tú ese pastor que tanto conocimiento me está poniendo a mí no te parece que a las chicas a todas nos falta un pastor para ir más bien guardadas y entrar a la formalidad no te parece cariño mi ilusión es entrar en la formalidad contigo y tener nuestra familia querer y cuidar a los hijos que Dios nos dé no te parece cariño.

Existen pistas que le dicen a una que está empezando una historia con un maltratador, pero es difícil verlas. Al principio de la relación pinté un 150 × 150 que titulé *Fer mirall.* Dos figuras de pie, una en cada extremo del lienzo. Yo estaba a la derecha y, con la mano en la boca y mirando hacia fuera de la pieza, contaba un secreto al margen de la tela. Sinnombre ponía la oreja en el otro borde. En el centro, un gran espacio en blanco en el que dos pequeños dóbermans se encaraban. Pensaba que estaba pintando el amor, lo animal, lo que se dice en susurros, pero pinté el sinsentido de una relación llena de agresiones. Aquellos dos perros negros estaban a punto de iniciar una pelea.

En un pequeño díptico retraté a Sinnombre desayunando. En la primera tela, en tierras, ocres y azules de Prusia, se dirige al que mira, pero su rostro son cuatro planos mal resueltos. En la segunda, el fundido: Sinnombre empieza a desaparecer y queda congelado.

Hay otra pintura: un lienzo de 150 × 150 en el que Sinnombre aparece retratado dos veces vestido con la misma ropa. La figura de la derecha está de espaldas, casi en el centro de la composición. La de la izquierda se acerca a la primera y, con la mano izquierda, le toca el hombro. No te olvides de mí. Aquí sigo.

La mirada oscura con la que me acostumbré a vivir la conocí sentada en un potro con las piernas abiertas, cuando el ginecólogo nos dijo que estaba embarazada. Mirad, estos milímetros son vuestro hijo. Pregunté desde cuándo, ¿tres semanas? Cuatro, quizás un poco más. Y la mirada negra me atravesó. Sinnombre pensó que quería endosarle al hijo de mi profesor de pintura. Yo pensaba que el que me estaba mirando era Satanás y tuve miedo, pero a los pocos minutos volvía a estar a mi lado y me abrazaba, me decía que no me preocupara, que lo solucionaríamos. Hablé con la psicóloga de la clínica. Sopesamos la posibilidad de tenerlo, pero él no tenía trabajo y a mí no me pagaban bien las clases de pintura, estaba estudiando el doctorado, apenas nos conocíamos.

Más tarde, cuando creímos haber resuelto aquel asunto, organizamos una fiesta, diseñamos unos *flyers* con Photoshop en los que un Bela Lugosi popi aguantaba unos vinilos en los dedos de la mano derecha y agarraba unos pinceles con la izquierda. A nuestra fiesta milimétrica llegaron sus amigos del pueblo y mis amigas de la facultad, vino también mi profesor de pintura acompañado de un gran grupo de poetas y de varios editores. Recuerdo a uno muy alto, con el pelo largo y mal peinado, que se quedó serio mirando al infinito sentado en el sofá de aquel pequeño piso, mientras que un poeta que era premio Nacional agasajaba con palabras rimbombantes a mi amiga Lidia.

Toda intervención quirúrgica lleva implícita una serie de posibles complicaciones comunes y potencialmente serias que podrían requerir tratamientos complementarios, así como un mínimo porcentaje de mortalidad. Las complicaciones específicas del legrado evacuador, por orden de frecuencia, pueden ser: infecciones con posible evolución febril, hemorragias con la posible necesidad de transfusión, perforación del útero, persistencia de restos.

Pagamos el aborto a medias. Las opciones que nos ofrecieron fueron: UNO) comprar unas pastillas, tomármelas en casa y que el propio cuerpo expulsara al embrión; DOS) anestesia local y legrado, y TRES) anestesia total y legrado. La primera me daba miedo y para la tercera no nos llegaba el dinero. No lo conté en casa ni sé los nombres de las dos enfermeras que me acompañaron mientras duró la intervención. Cada una me cogía una mano. Si gritaba o lloraba intentaban calmarme. Recuerdo sus caras rechonchas y dulces que me miraban con pena. En el quirófano sonaba «69 Punto G» de Joaquín Sabina y el ruido del aparato que me aspiraba el útero. Sé que sin ellas todo habría sido todavía más doloroso y siniestro.

> Todos, todos incluidos parloteaban y se oían a sí mismos mientras nosotras mirábamos confundidas e impávidas, porque eso era lo que había que hacer: ser las casas vacías para albergar la vida o la muerte, pero al fin y al cabo, vacías.
>
> Brenda Navarro

Hace un par de semanas, sentada en la terraza de un café de una ciudad latinoamericana, una amiga me habló de su madre. La había parido a los diecisiete y le dijo que los hombres solo contenían semen. Coges a un hombre, lo tumbas, le cortas un brazo, y su interior es blanco y viscoso.

Cientos de contenedores de semen anónimo se agolpan en mi cabeza. Sigo con la idea de la maternidad en solitario y una gran piscina blanca ocupa mis días. Me acerco a la orilla y vomito dentro.

Me cuesta creer que hace apenas dos años estaba planteándome pararlo todo y dedicarme a observar cómo mi cuerpo se ensanchaba y mi olfato se agudizaba, cómo estiraba mi saga: la nariz de mi novio, los ojos del abuelo y el pelo de mi hermana en el pequeño ser que traería al mundo. El abuelo ya no estaba y un niño podía hacer menos difícil la pérdida. Me enfrentaba al nuevo ciclo con entusiasmo y no podía imaginar que yo también acabaría siendo una de esas mujeres que mean sobre palitos para saber cuándo es el mejor momento para follar. Las parejas que han tomado la decisión suelen hacerse más sólidas. Cuando ven que es más difícil de lo que pensaban, regulan su alimentación, están pendientes de los ciclos menstruales, se descargan aplicaciones sobre fertilidad en sus teléfonos móviles. Y los dos entienden que ella mee sobre palitos. El hombre con el que me aventuré en la procreación no estaba de acuerdo en que realizara aquella práctica. «Pero tú también quieres ese niño.» «Mi vida sexual no va a adaptarse a ese empeño tuyo.» «Sabes que las mujeres de mi familia tienen la menopausia a los cuarenta.» «Relájate y ya llegará.» «Las parejas normales llegan a acuerdos, follan cada dos días, no se pajean. Solo soy fértil unas horas al mes.» «No.» «Hace dos semanas que no follamos.» «Así no me apetece.»

Supe que tenía que conseguir no querer forzar nada, que debía poner en práctica aquello que escribía tantas veces: «La maternidad es un deseo, no un derecho.» No todo vale. A mí no. Pero todavía faltaba mucho para llegar a ese punto, por el momento tenía que conseguir que mi pareja quisiera hacer el amor conmigo.

«Hay un revuelo en una emisora de noticias de la mañana: una encuesta revela que el 70 % de las mujeres en Colombia se sienten realizadas solo si tienen hijos. Esto equivale a decir que 17 millones o más de mujeres piensan que la única realización posible es ser madres. Pero un momento, acabo de ser madre y no me siento realizada. Es más, me pregunto qué significa la realización. ¿El cumplimiento de mis metas? ¿El cénit de mis expectativas de vida? Nunca fui Susanita. A diferencia de amigas que a los trece años ya jugaban a cambiar pañales y pedían de regalo un bebé para alimentar y cuidar, yo jugaba a defenderme de las amenazas de mi tío.»

Tatiana Andrade se empieza a narrar así en su libro *La vida láctea.* La vida de leche y de hombres llenos de semen, la piscina rebosante de líquido viscoso que su madre instaló en mi cabeza. Hace unos meses quería solo un poco de ese líquido y no sabía dónde conseguirlo. Para las mujeres eso es muy fácil, engaña a alguno, me decían. Y yo pensaba en los litros de semen que se echaban a perder diariamente. A los veinte años, mi profesor de pintura me contaba que a muchos hombres les gusta ver cómo su corrida se lanza al mundo, estamparla contra la pared, pintar sobre las sábanas, o derramarla sobre una tripita como la mía. Como Tatiana Andrade, tampoco yo era Susanita pero tuve una colección de bebés pelones y ninguna granja Playmobil, ningún barco pirata, ningún Scalextric. Cuando iba a casa de mis primos enloquecía con aquellos juguetes. Un día robé un coche de plástico rosa. Lo escondí en mi cuarto y lo miraba por las noches. Me costaba no sacarlo de allí y llevarlo conmigo a todos lados.

Tampoco yo era Susanita. Prefería dibujar, abrir cajones, o disfrazar a mi primo. «*Deixa al xiquet que me'l faràs mariquita!*»[19] Era más peligroso pintarle los labios al niño que seguir ayudándole a perfeccionar su plan para deshacernos de mi hermana recién nacida: él la lanzaría al váter y yo tiraría de la cadena.

19. ¡Deja al niño que me lo volverás mariquita!

¿Era preciso morir, para saber ciertas cosas?

MARÍA LUISA BOMBAL

Cuando murió la abuela, envuelto en papel de seda que un día fue blanco, apareció un fajo de cartas. Alfonso, me había olvidado decirte que hoy en día las mujeres decentes no valen para nada porque tú a mí me estás aborreciendo y no tienes el por qué. Adiós. Casi todas las del abuelo salen de Bétera. Pero también escribe desde Onda, Castellón, Valencia y Madrid. Las de la abuela salen siempre de Sueras, una pequeña localidad perdida en la Sierra de Espadán que huele a algarrobo y a leña. Apreciable Alfonso solo cuatro letras para decirte lo que pasa; pues recibí la tuya estando en la cama y esperando a mejorar sigo de la misma manera así es que cuatro letras para decirte cómo estoy pues como el médico no me deja estar sentada encima de la cama no te puedo escribir en tinta porque te escribo acostada en el papel encima del cojín pues no parece que esté peor pero tengo algo de calentura y vómitos así es que no estoy para cuentos escribe pronto que tengo muchas ganas de saber noticias tuyas. Sin nada más se despide tu cariño con muchas ganas de verte. La letra del abuelo es reposada, las palabras tejen sin perder el ritmo, consigue armar cartas visualmente elegantes, ordenadas, aparentemente serenas. El pulso no modifica el contenido. Habla de las ganas que tiene de volver al pueblo y verla con el vestido blanco del que ella le habla, de que se emborrachó con un amigo, de lo triste que se siente por saberse lejos; pero sus emociones no contaminan la escritura.

Las de la abuela son formalmente caóticas, la letra baila, se apaga, apura la tinta y cuando la escritura casi es ilegible, llega un manchón de tinta como un grito que vuelve a apagarse poco a poco. Las cartas de la abuela están llenas de reproches, dolor y aburrimiento. «Las partidas. Siempre las mismas partidas. (...) pero eso nunca había impedido partir a los hombres (...) y eso tampoco había impedido nunca que las mujeres los dejaran partir, las mujeres que nunca partían, que se quedaban para preservar la tierra natal, la raza, los bienes, la razón de ser de su entorno.»[20] Mi abuela está encerrada en el pueblo, pero no cuestiona la libertad propia a pesar de vivir a través de la de él. No se pregunta por qué ha de amoldarse al papel de mujer decente. Se amolda y punto. Sus cartas están llenas de regañinas que él encaja con templanza. Grita porque no está cómoda en el papel de virgen que le han asignado, pero ni ella ni él son capaces de oír los gritos, no saben que los gritos existen.

No sé cuándo iré a tu lado. No te lo tomes a mal porque donde vaya y donde estoy siempre soy para ti porque mi destino confío que sea este. Juanita tú te pensarás que yo siempre estoy de juerga por ahí a lo lindo pero me pasa como a ti, solo cuando paso el rato más a gusto es cuando tengo tu carta, o cuando te miro muy cerca en tu foto porque no te puedo mirar de otra manera. Y así voy pa-

20. Marguerite Duras, *El amante,* Tusquets, 1993.

sando los días, unos contento y otros de tristezas, pasando la mili que tan pocos meses que estoy ya estoy harto de tanta mili. Pero en paciencia ya vendrán tiempos mejores no te parece cariño, que cuando estaremos juntos ya lo pasaremos mejor, aunque tú me digas moniato cuando más me lo dices más te quiero.

A Sinnombre lo conocí a los veinticuatro años. No fue en una ermita, fue en un local del barrio del Carmen que era minúsculo y olía a cerveza. Si coges la calle Cavallers desde la plaza de la Virgen y en la segunda tuerces a la derecha te toparás con el local antes de poder volver a torcer a la izquierda. No recuerdo la primera vez que lo vi, pero sí el paseo en bicicleta que un rato más tarde dimos hasta llegar a mi casa. Yo llevaba una falda larga negra y el pelo suelto, muy largo también. Montaba la vieja bicicleta Orbea de mi madre.

Después de conocernos estuvimos muchos días sin salir de la cama. «Ya no hay pena, con lo bien que se me da»,[21] escribió en su estado del Messenger. A la cuarta semana me preguntó si a mí nunca me bajaba la regla. Compré un predictor en una farmacia y entré en el primer bar que encontré de camino a casa. El lavabo del New York no es el mejor lugar para saber que una está embarazada de un desconocido. Me miré en el espejo y supe que, fuera como fuera, aquello tendría que salir de mi cuerpo. Que iba a doler. No recuerdo el momento en que se lo conté, pero sí que nada más hacerlo nos tomamos una tila. Es difícil darse cuenta de que una está empezando una historia con un maltratador, el maltratador es un experto en crear espacios que la víctima cree que son seguros. Mientras bebía mi tila estaba sentada delante de un chico que se plantea-

21. «Ya no hay pena», *La matrona,* Refree, 2005.

ba dejarlo todo para irse a trabajar con su padre a una fábrica y poder mantenernos a su hijo y a mí. Unos meses más tarde el chico empezó a controlar mi teléfono móvil. ¿Por qué has mirado a ese tío? ¿Qué? Al puto tío al que has sonreído. ¿Quién cojones era? ¿Por qué le has sonreído? No he sonreído a nadie. Me cago en Dios, Paula, ¿quién era ese gilipollas?

Estuve cuatro años con Sinnombre.

Alfonso, he recibido tu muy cariñosa carta en la cual recibí una gran alegría al decirme que el sábado estarías a mi lado pero ahora es domingo y veo que no vienes y me he puesto a escribirte toda desanimada y toda triste porque ya tenía toda mi ilusión hecha pues en fin ya me dirás lo que te ha pasado.

El abuelo y la abuela quisieron que su herencia fuera gruesa en recuerdos y decidieron que querían gastar sus ahorros haciendo un viaje cada verano. Los primeros años Sinnombre también venía y dormíamos en una habitación doble. No sé qué es lo que hice mal, pero una noche se sacó el condón con rabia y me lo tiró a la cara.

En otra ocasión, después de celebrar el cumpleaños de su mejor amigo, volvimos a estar juntos en un hotel. Su amigo me abrazó cuando le dimos el regalo y más tarde lo volvió a hacer mientras bailábamos, y a Sinnombre aquello no le gustó, así que cuando llegamos a nuestra habitación me lo hizo saber. Me arrinconó en una esquina al tiempo que me insultaba. Me cogió del cuello con la mano izquierda y con la derecha en un puño dio un fuerte golpe en la pared, justo al lado de mi oído, mientras seguía gritando. Llamaron de recepción porque algunos huéspedes habían informado de los golpes. Él descolgó el teléfono, pidió disculpas por el ruido y dijo que estaba todo bien. Con la voz más baja siguió diciéndome lo guarra que era y cómo me gustaba provocar a los hombres. Al día siguiente, al despertarnos, todavía le dolía la mano, así que fuimos al hospital y salió con la mano enyesada. Más tarde, escribió una canción romántica que tituló con el nombre de aquel hotel. Yo pinté un pequeño cuadro al óleo en el que él aparecía de frente, vestido únicamente con aquel trozo de escayola blanca.

Cariño, solo cuatro líneas para que veas que estoy bien, lo mismo te deseo para mi Juanita. Juanita, como verás voy a decirte lo ocurrido, me dijeron a primeros de semana que seguro que podía ir a casa, pero aún es el momento que estoy aquí, solo lo siento por ti, que te harías la elución de verme el domingo junto a tu lado, pero ten un poco de paciencia que del viernes que yo estoy sufriendo, porque una vez que te digo que voy no he ido, como tú te puedes imaginar, yo me imagino las ganas que tú tendrás de verme paseando por ese pueblo que yo tanto pienso en él porque tengo en él todo lo mejor del mundo, que eres tú, mi cariño, que yo tan locamente estoy enamorado, más que te puedes figurar en tu imaginación.

Como verás, solo te mando este papel porque tú me escribes una carta que no es de recibo con solo una plana, aunque yo tenga muchas cosas que contarte te vas a conformar con esto.

Sin nada más recuerdos para tu familia amigas y tú recibe un fuerte abrazo de tu novio que sabes que te quiere.

En los diarios de los años que compartí con Sinnombre hay un dibujo de él tumbado en nuestra cama. Está leyendo, y al fondo se ven a línea fina un sofá, una mesa y una silla de plástico. Con la mano derecha sostiene un libro y la izquierda la coloca detrás de la cabeza. Una noche cualquiera en nuestra casa. Sinnombre lee (sin mucho interés) a mi admirado Milan Kundera. Sinnombre quiere ser un detective salvaje. Sinnombre es así. Hay otro dibujo en el que me autorretrato con los ojos cerrados. Una mano aparece por la izquierda y me golpea en la cabeza con el puño cerrado. «¡¿Cuánto durará esto!?», reza un bocadillo que sale de mi cabeza. Placa, placa, escribo entre el puño y mi cabeza. DESVARÍO, anoto al pie de la imagen.

En otro dibujo aparecemos los dos, uno al lado del otro. Su cara es agresiva y un rayo lo corona, la mía es de aceptación y tiene una nube encima. El dibujo se titula *El círculo vicioso de las últimas semanas.* Al lado de Sinnombre escribo: 1. Factor externo. 2. Paula susceptible. Flecha (provoca) Sinnombre cabreado. Flecha (provoca) Paula ausente.

Cuando se ponía agresivo, yo me dormía y evitaba la embestida.

Alfonso, recibida tu carta muy diferente a la pasada me dices en la tuya que no sabías tú que yo era tan mala porque te hablo de esa manera pues tú ya sabes que eres tú el que me enseñas a ser tan mala, eres mi primer amor y experiencia no tenía. Quise meterme en tu pecho y no encuentro la salida. Te parece Alfonso que si no fuera por eso yo te perdonaría siendo de la forma que tú me tratas con la tuya pues mira si me haces penar que ya soy maestra penando porque después que estoy muy enfadada con esas palabras que tienes me confundes el cuerpo y el alma pero no te lo tomes a broma y háblame un poco mejor.

Porque yo cuando te mando alguna cosa en tus cartas pues es en contestación a lo que tú me dices pues siempre eres tú el que empiezas la pelea ni miras de que yo me disguste que yo si las cartas que te escribo llegan con gotas de tinta son las lágrimas de mis ojos que caen al escribirlas te parece bien todas esas cosas a ti. Pues si tú me quisieras a mí como yo te quiero a ti mirarías mejor lo que me dices y lo que haces. Alfonso, me dices en la tuya que algún día seré tuya pero de la forma que tú a veces te pones no sé cómo será. No me gustan los hombres que tengan un gran corazón quiero un corazón chiquito donde solo quepa yo que mi querer es limpio y puro. No puedo enturbiarlo, pues ahora dejaremos esto.

Sin nada más se despide esta que no te olvida ni un solo momento.

Dibujo de Sinnombre: con letras mayúsculas escribe TE QUIERO MUCHO ES POCO Y ESTOY LOCO. Se autorretrata con los ojos muy abiertos. El brazo izquierdo es extremadamente largo y serpenteante, su mano es la cabeza de una cobra de dientes afilados. Me sujeta con los dientes de cobra por la nariz y me mantiene elevada en el aire como si fuera un globo de helio. Arriba escribe: «Un beso, pelirroja, un pollazo y salsa de soja. ¡Ja, ja, ja, ja, ja!» Su monigote dice: «Eh, tú, nena. ¿Adónde vamos?» Yo respondo: No lo sé, no lo sé, no lo sé.

Apreciada Juanita, en el mismo momento que he llegado al cuartel cojo la pluma para decirte que he tenido buen viaje, y estoy bien lo mismo te deseo para ti.

Juanita, desde que he venido aún no he parado un momento de limpiar el mosquetón y el correaje porque mañana tienen que pasar revista porque el lunes tiene que venir el general y tenemos que desfilar y esta noche me toca estar en la cuadra para cuidar a las mulas.

Mañana me tengo que presentar al teniente para estar ya fijo allí, ya me mandarás la foto porque supongo que ya las habrás recibido, que a mí me hace falta para hacer lo que quiero hacerte para ti y al mismo tiempo para verte lo seria que te quedastes en el momento que yo me fui, supongo que no sería del disgusto que tendrías en que yo me fuera sino la malicia y el rencor que me tienes y supongo que aún me tendrás en cosas que tú si me vieras no te pondrías así. Juanita, como tú ya sabes cómo voy porque de la forma que te despedistes de mí yo aunque sea un poco torpe para comprender las cosas vi que tu ilusión de cada día te sería de nuestro cariño o sea del que yo a ti te tengo porque tú a lo mejor le habrás puesto la parte de tu corazón la que yo confío solo para mí o hay otra cosa que tú no me quieres decir porque cosa que yo te digo me haces morros y mala cara.

Ya me dirás los pensamientos que tú tenías cuando me dijistes aquel adiós tan mustio que casi no se veía brotar de tus bonitos labios que yo tanto los adoro ahora y siempre, que estaba delante de ellos cuando los miraba sin cesar un momento.

Te mando mil besos aunque no los he catado y cuando te lo nombro me odias.

Adiós, hasta la tuya.

Dibujo a Sinnombre en nuestra casa.

En la parte superior del papel escribo UN BORDE.

Él dice: Yo a ti no te considero.

Apreciable Alfonso, he recibido tu carta y enterada de ella veo que me estás tratando de cualquier manera.

Me dices que te parece que tengo el corazón partido y eso es propio tuyo quien lo haces eres tú porque ya sabes que yo siempre soy la misma. Piensa todo aquel que es malo que son malos los demás por eso sé yo chiquillo lo que de mí has de pensar. Me dices que me quedé muy seria y que tengo mucha malicia que soy rencorosa no sé por qué tú me dices todas esas cosas yo no creo lo que dices si soy buena o si soy mala pero suena tanto el río que temo que lleve el agua tú eres igual que la fuente que nace al pie de un arroyo por mucho que yo te diga sigues tú siempre tan fresco.

Alfonso, he recibido las fotos en la cual estoy bastante bien pero veo tan grandes engaños en tu carta que no te lo quiero mandar porque lo mismo harás en la foto que quieres hacer conmigo.

Recuerdos de toda mi familia.

Adiós.

Alfonso, se me había olvidado una cosa piensa bien lo que vas a hacer que si reñimos una vez no reñiremos dos porque el tener demasiado bien te ha hecho mal así es que repásate bien esta carta que como me dices en la tuya que eres tan torpe repásate bien esta carta para que sepas lo que te quiero decir.

Se despide esta Juanita que tan poco la aprecias.

Adiós.

«Accidente casual» es un eufemismo escrito en un volante de un hospital para explicar que, en un arrebato de rabia, Sinnombre dio una patada a nuestra perra y con el golpe se fracturó la base de la primera falange del primer dedo del pie derecho.

más lejos
más lejos
y desaparecemos.

NELL LEYSHON

Las últimas conversaciones que mantuve con la abuela no forman parte de los recuerdos buenos. No sé si la torpe fui yo o si fue ella quien se quiso aislar y prefería ignorarme.

Mi infancia es mi abuela. Son sus guisos, su voz fina cantando Francisco Alegre mientras decora un pastel o sirve en un vaso el agua-limón que preparó por la mañana. Mi juventud es mi abuela contándole por décima vez a mi primer novio la historia de la perra y la leche podrida mientras él se pone morado de brazo de gitano. Es ella aconsejándome que me aleje de ese bobo con el que voy ahora, o diciéndome que no tenga miedo de los muertos sino de los vivos. Mi abuela escuchándome atenta cuando le explico la diferencia entre una xilografía y un aguafuerte, y también es ella más tarde explicándolo a su manera a los asistentes a la exposición de turno que inauguro en el pueblo.

«Tu saps que sóc viuda?»,[22] preguntaba cerrando los ojos.

Levantaba la cabeza y la mantenía arriba. Después se quedaba callada. Parecía que fuera a añadir algo más, pero se desinflaba de golpe y volvía a adoptar la figura amorfa

22. ¿Sabes que soy viuda?

que se construyó cuando murió el abuelo. Lo que quedaba de ella era el cuerpo blando de una babosa metido en el caparazón gigante de un animal prehistórico. Se encerraba en la coraza dura e iba apagando interruptores a espaldas de todos. Las manos sobre el regazo, el cuello encogido, la boca cerrada. El órgano que la mantenía conectada al mundo era un ojo. Un solo ojo abierto.

Las habitaciones de la casa se apagaron con ella. El pasillo era el lugar más oscuro y la pintura del barco a la deriva con lluvia de leche estaba más cerca de hundirse que nunca. Las puertas de las habitaciones estaban cerradas. Las persianas estaban bajadas. En la cocina, el olor a desinfectante había sustituido al de los guisos y dulces, al aroma del café que preparaba cuando alguien llegaba y le ofrecía rollitos de anís.

Las pocas veces que la visité le cogía la mano, una cría de palomo obeso que todavía no tenía plumas y caía caliente con todo su peso muerto. Le decía que tenía que recordar lo afortunada que había sido y lo lejos que el resto estábamos de tener una miguita de lo que ella tuvo. Entonces asentía con la cabeza y recordaba lo bueno que fue el abuelo, lo trabajador que había sido y cuánto lo querían. Repetía de nuevo cómo había restaurado todos los muebles de la planta del Hospital de Sant Pau de Barcelona en la que ella estaba ingresada para que las monjas la trataran mejor, y lo de la capilla y las flores. O enumeraba los nombres de mis novios, insultando con su lengüecilla afilada a algunos de los que llevé a comer a su casa. *«Per lo menos podries haver-nos donat un nét d'algun d'ixos desgraciats»,*[23] decía.

23. Al menos podrías habernos dado un nieto de alguno de esos desgraciados.

«Hem trobat les cartes dels auelos, les vols?»[24] La noche que fui a buscarlas las volcamos en una mesilla y estuvimos leyéndolas. Mi padre dijo que se alegraba de haber quemado las suyas. También yo he escondido mis diarios y mis cartas. He cargado con dos cajas de madera en cada mudanza. Los bultos que más me preocupan siempre son aquellos por los que parezco mostrar menos interés, los que siempre guardo en lugares oscuros que nunca se abren. Las cartas de mi primer novio. Las de mi profesor de pintura. Las del italiano que conocí en Milán y con el que follé en un coche, las del francés del barrio del Carmen que se parecía a John Malkovich, y las del alemán que pasó por Valencia con su banda de rock y acabó en mi cama. Si mi posible nieta las leyera y viera con qué sed me lancé a la vida, ¿qué diría de su abuela?

En sus cartas, el abuelo ruega durante meses por un beso que nunca llega. Fantasea con el momento en el que podrá saborearlo. Me hubiera gustado estar en esos momentos para poderte decirte lo bonita que estarías porque

24. Hemos encontrado las cartas de los abuelos, ¿las quieres?

ya tengo ganas de estar a tu lado para decirte lo que siento por ti y para ver menear esos labios que tanto desesperado estoy por ellos. Mi abuela se ofende. Se enfada y grita con el puño y la tinta y la fuerza del lápiz para proteger su honor. En mis cartas se mezclan muchas voces y no se pide ningún beso. Son las cartas las que llegan después de muchos besos. Bella como el mar, ardiente como el sol, bella como un ángel vestido de dulce e descalzo in una noche, tu como l'arco iris, tu como la fortuna, tu vestida de primavera, a tu lado io vivo. En una soy la Venus de Botticelli bella como la Signoria, en otra la campanilla de las nieves de un italiano que pidió mantequilla cuando quise sorprenderlo con el mejor jamón en una plaza de Salamanca, otra asegura que mis labios saben a tierra. Ola mi suerte, estoy arrivado ayer por la noche el viaje fui mas grande de lo que pensábamos. No puedes saber como el trayecto fui difícil, yo fui pensando a mi Paula y también mi amigo Benoit fui a pensar a su Nathalie. Estaba horrible pensar que no quieremos volver en Francia pero que no podemos elegir *(very bad feelings).* Estoy piensando a ti, mi espíritu esta demesiado ocupado por tu. *I'd like to be with you, to have you in my arms* (mas y mas fuerte), *to sleep with you and sure to kiss you... AAAAAAHHHH! I WANT TO SEE YOU I WANT MORE TIME WITH YOU!!!!* Tu seras mi memoria de españa pero no quiero perderte. No tengo mucho tiempo para te escribir, voy a llamarte próximamente; *gros gros bisou* a mi preciosa. MAS y MAS fuerte que normal. DANIEL.

Creo que las cartas que habrían despertado el interés de mi posible nieta habrían sido las de la letra hermosa, las que contienen aguadas, y fotos, y poemas. Las que llegaban puntuales al 335 de la calle Merced de Santiago de Chile durante el invierno de 2002. El docente universitario introdujo fotocopias extras en mis apuntes y otras cosas en mi coño. Durante algunos meses de su vida se obsesionó con mi cuerpo, y decía que quería acariciarlo en terrazas, probadores y despachos. Correrse sobre mi vientre y, más arriba, derramar *algunas lluvias.* Quería dormir conmigo bajo el sol, en el césped, o en su cama, y mirarme mientras me tocaba sin él tocarme, comer conmigo en la playa, bañarme en una bañera como bañaría a una niña, enjabonarme con una esponja. Quería que le vendara los ojos, *acoplarse a mis huecos,* dejarse hacer. Compartir conmigo muchas botellas de vino.

Me enamoré de él pero un día salí de clase y me dirigí a secretaría para irme al lugar más lejano con el que mi universidad tuviera un convenio. ¿Santiago de Chile? Vale. A aquel profesor he de agradecerle mi amor por Velázquez, saber que las palabras nombran, el gusto por el vino tinto y que mi inconsciente se preocupara por mí y me llevara al país donde *todas las cosas viven y se aman.*[25]

No sabía que la superficie de mi destino era tan larga que en las escuelas los niños lo veían siempre partido en tres, como si fueran tres países y no uno; ni que los chilenos vivían de espaldas al inmenso océano Pacífico, que temían la inmensidad de las aguas que les proporcionaban suculentos manjares. Desconocía que la cordillera convertía el país en una isla.

Tampoco sabía que hubo un tiempo en el que en Chile te daban una libra si te precipitabas sobre un kawésqar y le cortabas los testículos. Que existió una mujer que atravesó mil kilómetros del sur del país en canoa, remando, y que de vieja diría que había llegado a lo que era remando, como el resto de su tribu, que cruzar el cabo de Hornos

25. Raúl Zurita, *El amor de Chile,* Montt Palumbo, 1987.

no era tan peligroso, y que no se sentía chilena. Que en la lengua de aquella señora no existía ninguna palabra para designar a dios.

Tampoco sabía que en pleno 2002 asistiría a una cena en la que los comensales alzarían sus copas para brindar por Pinochet. Desconocía quién había sido Salvador Allende. Ignoraba que existía un lugar llamado La Moneda y que sus paredes estaban marcadas por miles de impactos de bala.

Tampoco sabía que en la Patagonia occidental la cordillera de los Andes se hundía y reaparecía en miles de islas, ni que dormiría tres noches en una de ellas y vería la marea subir y bajar demasiadas veces en un solo día, que comería ostras y que me despertaría en mitad de la noche y vería a los pies de mi cama a la Condená y a la Fiura, ni que aquello me tendría tres noches en vela con la luz encendida.

Desconocía que existió la Caravana de la Muerte, y que un general explicó que dejaba a los ajusticiados hechos pedazos, que él intentaba armarlos y dejarlos con una forma humana para presentarlos a sus familiares, pero que era imposible hacerlo porque les habían sacado los ojos con cuchillos, quebrado las mandíbulas y las piernas, arrancado los órganos sexuales, que les habían robado el corazón. No sabía que en el país al que huía se había derramado tanta sangre.

Paula Bonet
c/Merced, 336, 7B
Santiago de Chile
(Chile)

Vila-real, 18-10-02

Queridísima nieta Paula, cuatro letras para decirte que estamos bien de salud a Dios gracias, Paula tenemos muchas ganas de verte pero ahora ya falta menos pues el abuelo y yo nos vamos mañana a coger almendras el fin de semana el día de la Constitución fuimos a Teruel de excursión y nos regalaron una espaleta de jamón nos lo pasamos muy bien el domingo fuimos a Cuenca pero no la vimos también lo pasamos bien y el lunes tenemos que ir a Palma a primeros de año como el año pasado fuimos a La Rioja.

Paula, el 14 es el toro de Sueras también nos vamos a las fiestas así es que nos haces falta para la cena del toro el domingo pasado vinieron tus padres y tu hermana todos a comer y toda la comida nos hacías tú mucha falta pues ya solo falta un mes y 12 días así que si Dios quiere pronto nos veremos y tendrás muchas cosas que contarnos.

Ahora te digo la tarta.

3 huevos
1 yogur de limón
2 yogures de azúcar
3 yogures de harina
1 Royal
1 yogur de aceite
Trabajas los huevos todo junto le pones el azúcar el yogur y el aceite el royal y por última la harina si lo pones en un molde de duralex lo pasas por manteca.

Brazo de gitano
3 huevos
3 cucharadas de azúcar
3 cucharadas de harina
Le pones un papel albal en una lata extiendes la masa no muy cocida que esté cuajada después pones un papel lleno de azúcar por encima pones la base cocida encima del azúcar le pones la crema o flan y luego lo enrollas y listo para comer la crema durita que se enfríe.

Si quieres hacer rollos
3 huevos
1 vaso de azúcar
1 vaso de aceite menos 1 dedo
2 gaseosas
La harina que admite.
Pástalo con un tenedor.

Se despide esta que siempre piensa en ti,

Juanita Sorita

Paula, me alegré mucho de oir tu voz por teléfono tenemos ganas de que vengas nos alegramos mucho de lo bien que estás y de lo bien que lo pasas en ese país tan lejos, por aquí tenemos mucho trabajo, con las almendras y restauraciones de muebles.

De momento sin más cosas que contarte se despiden tus queridos abuelos que mucho te quieren y piensan mucho en ti, muchos besos de Alfonsín.

La cerraron hace veinte años, pero nuestra tienda de muebles sigue en pie. Los vinilos *Remate / Todo al 50 %* que el abuelo pegó mirando a la carretera todavía están en los cristales. En los maceteros las plantas han crecido salvajes. Lo único que falta son las letras de neón de la fachada con nuestro apellido que suena redondo. Han quitado parte de la valla y hay muchos coches, la fábrica de al lado ha convertido el lugar en el que aprendí a conducir en un aparcamiento. He caminado por la parte más cercana a la tienda, la que había sido un jardín con césped y rosales, todo está viejo y manchado.

Pongo los dedos en el pomo de la puerta y los retiro de inmediato. Junto índice, corazón y pulgar y amaso el polvo negro. El suelo es ahora un gran agujero y las mosquiteras cuelgan de la pared, bajo las ventanas. Piedras, hierbajos y ladrillos ocupan el espacio en el que antes estaba la jaula de las perras. El abuelo me cogía en brazos y nos acercábamos a verlas. He bordeado la nave y he llegado a la puerta que daba al campo pero ya no hay campo. La puerta ahora es ocre y está llena de manchas de óxido. Durante mucho tiempo, al otro lado, estuvo mi hombre favorito concentrado en aquel lugar del que solo volvía cuando una diminuta niña gritona apartaba la cortina que lo aislaba del mundo y le pedía que la quisiera.

1. Cariño, solo estoy contento porque ya casi se terminan las cartas de amor y el desespero de esperar las tuyas, y tú también descansarás verdad Juanita que para todo hay un día y lo demás que tú ya te puedes pensar también llegará. Sin nada más recuerdos para tu familia y de este te desea que pases buen día del sábado recordando la primera vez que yo te vi y tú a mí, porque yo es un día que para mí siempre será señalado porque encontré en esa ermita la mujer de mi corazón que así pienso que sea.

   Para ti, cariño de mi corazón, te daría tantas cosas buenas aunque me dijeras cansado porque de tu boquita solo sabías pronunciar esa palabra, y así solo puedo enviarte esta carta de amor de tu primer novio y el último, porque te quiere este siempre tuyo.

   (Espero pronto la tuya y no me hagas sufrir en las cartas.)

2. Cariño, aunque no tengo tu carta todavía te voy a dar una buena noticia por lo menos creo que te alegrarás pues ya está aviso a todas las compañías que el mes que viene saldremos con ropa de paisano y creo que no volveremos así es que ahora sí que pronto nos veremos muy a menudo, iremos haciendo ya el nido para cuando será la hora que tú me puedas llevar al altar para que después con toda la tranquilidad me puedas decir cariñito y otras muchas cosas que entonces no tendrás por qué tener secretos para mí.

3. Apreciable y estimada Juanita, me alegraré que al recibo de esta estés bien.

Juanita, estas cuatro letras es para decirte que hoy día 15 he conseguido a lo que tanto esperaba que bastante impaciente he estado todos estos días que me parece que he perdido 4 kilos de carne porque hasta incluso comía como un pajarito, entre pensando en ti y lo demás estoy deshecho. En fin cariño que ya tengo el pasaporte en el bolsillo y creo que ahora no te engaño y mañana pienso coger el tren para estar junto a ti. Conque ya te puedes preparar cariño para decirme pesado ya sabes corazón de mi pecho ya tengo ganas de verte. Sin nada más se despide este que te quiere.

Perdona por la letra pero estoy tan nervioso que hasta me tiembla el pulso.

Alfonso, cariño, hoy miércoles he recibido tu cariñosa carta con la cual estaba yo soñando día tras día. Pues a pesar de lo desconsolada que llegaba de tu casa he tenido una gran alegría al ver tu pequeño sobre en mi entrada al mismo tiempo me han dado ganas de llorar, Alfonso de pensar en la triste noticia que iba yo a darte. Me enviaron de tu casa el recado de que si quería ir el martes por la noche o el miércoles que tu abuela estaba muy enferma. Pues yo he bajado hoy miércoles para poderla encontrar en casa y según como estaba tu abuela pero he llegado y nada más estaban tus hermanos en casa y yo les he preguntado por la abuela y enseguida me han dicho que ayer martes se murió cariño no me sale del corazón escribirte estas cosas tan serias y tristes pero no hay remedio es así la vida, que nosotros nos hagamos tan viejos como ella y que podamos *pregar* por el *animeta* de ella. Estoy llorando de pensar que eras el mimadillo de tu abuelita y no la hayas podido ver.

Le doy un beso al abuelo
bajo del coche blanco
cubierto de pintura blanca
y entro en casa.

–A qui vols més?
–A l'auelo Alfonso.
–Paula, quan et facen esta pregunta has de dir que a tots igual.
–Vale, mare. A tots igual.[26]

26. «¿A quién quieres más?» «Al abuelo Alfonso.» «Paula, cuando te hagan esa pregunta tienes que responder que quieres a todos igual.» «Vale, mamá, a todos igual.»

Parte dos

Aquí va la imagen de una viñeta de El Roto: *El compañero sentimental.* Con una línea más rígida que la de los últimos años, el dibujante esboza un supuesto pretendiente que está de pie en un espacio vacío. Su sombra proyectada lo retiene en el suelo. El compañero sentimental es sólido. Viste un abrigo blanco que le llega casi hasta los pies. Lleva corbata negra, una camisa del color del abrigo, una chistera que brilla (El Roto ha dejado una parte en blanco y ha hecho serpentear la mancha, un truquito de dibujante que informa a nuestro cerebro de lo resplandeciente del buen material con el que se construyó el objeto) y unos zapatos negros que podrían ser perfectamente unas babuchas de ir por casa. El compañero sentimental camina tranquilo por la vida, podría sentarse en un banco de cualquier parque de la ciudad como si fuera el sofá de su casa. Bien espatarrado. Fumando un cigarrito. Con la tranquilidad de quien se sabe a salvo.

Lleva también el compañero sentimental un bigote relamido. El dibujo de su gran nariz podría ser una salchicha servida en el bufet de una Fuente Alemana. El Roto nos cuela sabiamente el prototipo de conquistador que tanto daño ha hecho, pero le borra la boca porque no la necesita. En la mano derecha sostiene un gran ramo de flores blancas. Resuelve la gráfica de las rosas con unas espirales que podrían ser conchas de caracol. Vamos a llamarle el Sentimental Baboso, pero lo haremos solamente durante unos minutos, que el señor en cuestión lleva en la otra mano un garrote.

Toda la elegancia de la indumentaria y del bigote poblado, la rompe de golpe el dibujante no con las babuchas sino con un tosco y pesado as de bastos de la baraja española. Podríamos pensar: «Qué torpe el profesor, que manda por correo postal esa parodia de retrato a la alumna a la que quiere enamorar.» Pero reservémonos las conclusiones para más adelante. Que todavía no sabemos, por ejemplo, que el profesor ha añadido también algunas líneas a la viñeta, que él también dibuja y se ha tomado la libertad de intervenir la fotocopia que doblará por la mitad y meterá en un sobre. O que la alumna ya está enamorada.

Con boli rojo, desdobla el as de bastos y su espíritu es ahora un poco más ligero, el garrote se asemeja a un gran falo con una ligera inclinación en la base que hace que el capullo apunte al cielo.

> Ya tengo diecinueve años. De pronto me da por pensar algo nuevo: ¿qué pasará cuando sea demasiado vieja para él?
>
> JOYCE MAINARD

Al profesor de interpretación que manda un whatsapp a la alumna de dieciocho años que simuló una masturbación en la clase del día anterior: «Vaya polvo eché anoche con mi mujer gracias a tus dotes interpretativas, Martina», lo identificamos rápidamente como el cerdo abusador de poder que es, cosa que no sucede con el que corre una carrera de fondo mientras se relame sus pezuñitas llenas de mierda y hierbajos. Este último ejemplar de gorrinillo es más paciente y juega a un juego lento que sacrifica los fogonazos de deseo inmediato. El profesor marrano que no tiene prisa, el que va llegando al placer como quien sube una escalera y se sienta en cada peldaño a disfrutar de un buen libro o de una agradable siesta al sol, es un gorrino muy difícil de atrapar, porque hace creer a la presa que es su amigo, que todo lo que le interesa es su talento, y que va a hacer todo lo posible para abonarlo y que el talento brille y deslumbre como ha de deslumbrar.

El profesor paciente consigue que la alumna elegida se fije en él y empiece a mostrar más atención de la habitual cuando están en el aula. «Si un muchacho lee mis poemas / me siento joven por un rato / en cambio cuando es / una muchacha quien los lee / quisiera que el tictac / se convirtiera en una tactic / o mejor dicho en une tactique.»[27] Cuando acaba la clase, la alumna tarda más tiempo en recoger sus cosas para quedarse a solas con él. Un poco más tarde comparten algunas intimidades, las menos importantes. Que de qué pueblo vienes, que si llegas en tren, que si vives en un piso de alquiler con otras amiguitas o vuelves cada noche a casa de tus padres. Después, el cochinillo sale antes del despacho para encontrarse con la alumna en la puerta de la facultad, y camina un rato con ella y sus amigas, y dice que tiene hambre, que ya son las tres y media, y que por qué no se meten en ese bar de montaditos a un euro y siguen la interesante charla, pero con el estómago lleno. El paseo acaba siendo algo habitual, y muchas veces lo es también la comida. Cuando no se encuentran, él le deja notitas en la puerta de su taquilla. Dibujitos en los que ella sonríe o está de pie sobre un pódium, en el puesto primero, porque ha ganado a las otras mujeres, porque, claro, las otras mujeres son competencia. Y poco a poco se llega a una intimidad más valiosa, y el profesor-marrano le pregunta a la niña por su familia, y si tiene hermanas, y que qué guapas las hermanas y que qué guapa la primita. Que se notan los genes. Que qué suerte de familia. Después, apuntes extras en el fajo de apuntes de la alumna elegida: poemas picantes: «No presiones la base de la flauta: (...) / llévala con dulzura hasta la boca»,[28] fotos, notas. Dibujitos. Y así todo el otoño, todo el invierno, toda la primavera. Y llega el verano y el cerdito ha de acelerar un poco el paso, que se le escapa la niña, que no va a haber ya un se-

27. Mario Benedetti, «Cronoterapia bilingüe».

28. Guillermo Carnero, «Lección de música», *Verano inglés,* Tusquets, 1999.

guimiento físico. Pero el cerdito se cree bueno con las palabras y el problema no es tan grave, aunque preferiría haber sido menos lento.

¡Lento!, le gritaba ella un día en el balcón de su casa con otras dos amigas, porque pasaban por allí y el profesor ya les había dicho dónde vivía y que siempre serían bienvenidas. Y subieron, y se quedaron impresionadas con tantos libros que hasta en el lavabo había libros, junto a las pesas y debajo del póster de *El dios Marte* de Velázquez. Y en la cocina. Y sobre la cama. Y muchas pinturas. Y él abrió un vino y preparó un poco de mantequilla de marihuana que había hecho su amigo el poeta que era premio Nacional y tostó pan. Como Basquiat, dijo, y después les habló de los alcaloides del cornezuelo de centeno en la pintura de El Bosco, del láudano que consumían los pintores prerrafaelitas, del opio en Toulouse-Lautrec, del hachís y de los románticos franceses. Y la casa olía muy bien, a trementina y a pan recién tostado, y quizás era por el mareíllo de la mantequilla, o por el trago de vino, o por la inhalación de la resina destilada, pero la niña tenía menos miedo y lo llamaba lento ignorando qué sucedería si el profesor aceleraba el paso. Lento, porque después de tantos meses ya había colocado en la alumna la semilla del deseo propio, y ya a la alumna no le parecían tan graves los veinte años de diferencia, que, a sus cuarenta, un señor de sesenta no debía de verse tan mayor, pero ojo a los cincuenta, su marido tendría setenta, como su abuelo en ese momento. Pero qué más daba, faltaba mucho tiempo, pensaba mientras aplastaba en su paladar la mantequilla de marihuana y lamía la sal.

EL PRINCIPIO

> Ingenuidad de mi madre, creía que el saber y un buen oficio me protegerían de y contra todo, incluido el poder de los hombres.
>
> ANNIE ERNAUX

Lidia cerraba los ojos y se ponía muy seria cada vez que atravesábamos una zona de turbulencias. ¡Vamos a morir!, le susurraba al oído, y ella me mandaba a la mierda. En Milán cogimos un tren hasta Pésaro, y de Pésaro a Urbino fuimos en autobús. En el autobús, un hombre italiano me gritó *«Porca putana!»* y Lidia soltó una risotada.

Urbino era la ciudad que vio nacer a Raffaello Sanzio, tenía una larga tradición en técnicas de grabado y, si íbamos, además de aprender buril o aguafuerte, podríamos visitar Florencia: la Piazza della Signoria, el Ponte Vecchio, la galería de los Uffizi. Compramos los pasajes y conseguimos una habitación en un colegio mayor situado en plaza del Palazzo Ducale. Solo íbamos a estar en Italia quince días, pero aquello era importante para nosotras porque habíamos vendido algunas pinturas y, como teníamos dinero, era la primera vez que podíamos tomar una decisión sin tener que consultarla con nadie. También era la primera vez que íbamos a subirnos a un avión.

Federico da Montefeltro, el señor al que retrataron de perfil con una sofisticada vestimenta roja y que aparecía en cada uno de nuestros libros de arte, era el duque de

Urbino, el responsable de la belleza que cada mañana veríamos desde la cama. Visitaríamos el Palazzo Ducale y Lidia me tomaría una foto delante de uno de los grandes ventanales, yo se la enviaría por mail al que había sido mi profesor de pintura el curso anterior y él ensalzaría mi belleza y compararía la instantánea con una pintura flamenca –por la luz, por la composición, por la atmósfera captada en la imagen–. Y se preguntaría en voz alta para que yo lo oyera cómo había sido posible que Vermeer hubiera sido capaz de pintar la belleza de mis ojos cuatro siglos antes de que existieran. Y, después de lijar cobre, sumergirlo en ácido nítrico y hacer varias tiradas numeradas de un par de planchas, *«si attesta che Paula Bonet e Lidia Marcilla hanno frequentato il Corso Internazionale per l'Incisione Artistica tenuta del prof. Adriano Calavalle dal 2 al 13 Iuglio 2001»*. Pero antes del viaje, antes de ver la Piazza della Signoria por primera vez y ponerme a llorar de nuevo y que Lidia tuviera que volver a sacar los kleenex, tenía que presentar varios trabajos finales, vaciar la taquilla, y decidir si seguía en el piso de alquiler de la avenida Blasco Ibáñez o si buscaba una habitación en otro lugar.

Una mañana de junio recibí una llamada: *Como se acercaba el final de un curso que yo había conseguido hacer tan excitante únicamente con mi presencia,* mi profesor de pintura quería invitarme a cenar en señal de agradecimiento. Yo estaba eufórica pero no me atrevía a aceptar la invitación, y él insistía, y yo dudaba, y él seguía con su «mi táctica es mirarte / aprender como sos»[29] y su voz cálida y hermosa. Y yo seguía diciéndole que no podía, pero cómo deseaba aquella cena. «Después de este curso tan largo y con tantas confidencias nos merecemos como mínimo una

29. Mario Benedetti, «Táctica y estrategia».

cena, Paulita.» Entonces alguien entró en el despacho y la voz hermosa se puso de golpe dura: «Vale, muy bien, como quieras, adiós.»

Tardé en llegar a su despacho el tiempo que se tarda en recorrer la distancia que había entre mi piso de estudiantes y la universidad. Llegué acelerada y golpeé la puerta con cuidado. Cuando la abrí seguía allí sentado. Le dije que si quería podía invitarme a comer, y al día siguiente fuimos a un restaurante chino que quedaba a medio camino entre su casa y la universidad. Nunca había estado en un restaurante bonito. Solo conocía la pizzería del pueblo y el bar de carretera en el que comía a veces con mi padre y mi abuelo cuando venían a Valencia con el camión a cargar género y me volvía con ellos al pueblo.

El bar de carretera olía a carne a la brasa y a cerveza. Parecía que a los mantelitos individuales de papel blanco sobre los que íbamos a comer les habían dado varios usos, y las aceiteras estaban llenas de mugre. Nos sentábamos en unas mesas largas que estaban llenas de camioneros solitarios con las cabezas dirigidas hacia las pantallas de televisión, y pedíamos chuletas a la brasa con *all-i-oli* y una ensalada inmensa con cebolla y vinagre. Y mientras vigilaba las patatas fritas de mi ración y me chupaba los dedos pegajosos que sabían al tostadito ese tan rico de la grasa del cordero, ellos, con las bocas llenas, volvían a contar la historia del bar con bufet libre del que los echaron porque el hermano del abuelo se había pasado con la carne y las *juajadas*.

A mi profesor y a mí nos sentaron en una mesa que estaba justo en el centro de una amplia sala que olía a final de primavera. Unas tiras doradas que reflejaban la luz de junio colgaban desde el alto techo. Proyectaban claridad en todas las direcciones. Las paredes también eran doradas y la luz seguía rebotando, y todo aquel resplandor se reflejaba en su cara hermosa. En aquella sala su piel era todavía más blanca, y sus ojos más azules. Podía olerlo. Deseaba acariciarlo. A pocos centímetros de mi mano tenía la versión envejecida de la cara que había aparecido entre mis apuntes sobre John Berger y yo había pegado en la pared, al lado de la reproducción de la *Riña de gatos* que compré cuando fuimos al Prado. Cuando empezara a frecuentar su casa, sabría que el retrato era un fragmento de una foto pequeñita en la que aparecía con sus dos mejores amigos a la edad de dieciocho años –«uno menos de los que tú tienes ahora, Paulita»–. Estaba en un marco dentro de una estantería al lado de los libros de Luis Landero –«tienes que leer *El guitarrista,* Paulita»–. Arriba del retrato había una foto artística de dos manos abiertas y juntas, con las palmas ocultas, como diciendo eh, somos una paloma de la paz, y un poco más arriba una pintura de una nube –«aprende a observar las nubes, Paulita, que son las manchas que despiertan nuestra inventiva»–. A la derecha de la librería, un lienzo circular con la pintura de un coño peludo y negro. Al lado, unas alas de plumas blancas clavadas en la pared –«Me las regaló la alumna guapa mayor de pelo corto que a veces viene a clase de visita, es una chica muy lista, las alas son una metáfora de que sabe que me tiene que dejar volar».

Comimos wonton, chop suey y tofu picante con carne picada y salsa de guindillas. Él pidió una copa de vino tinto y yo pedí una Coca-Cola. No recuerdo de qué hablamos, solamente que estaba nerviosa porque no sabía cómo le contaría a mi novio que había ido a comer con mi profesor, y como su imagen me venía una y otra vez a la cabeza, me costaba concentrarme en la conversación. Que perdiera el hilo no era un problema porque tampoco tenía mucho que aportar, prefería escuchar y aprender, y mirarlo, aunque no comprendiera lo que me estaba contando.

Cuando salimos del restaurante dijo que podíamos ir a tomar el café a su casa, pero yo tenía que volver al piso porque mi novio iba a recogerme para volver al pueblo. Anduvimos un rato más con paso lento y él hizo un par de observaciones sobre los arbolitos que había plantados en los rectángulos con tierra del asfalto. Dijo que me fijara en las hojitas, en su movimiento, en cómo la luz rebotaba en ellas, y en la sombra que proyectaban sobre las paredes. Me dijo que aquello que estábamos haciendo en aquel momento también era pintar y a mí aquella apreciación me pareció sugerente y hermosa. Después, cuando ya estábamos cerca de mi piso, me cogió de la mano, me puso delante de él con mucha delicadeza, y me abrazó. Fue el abrazo más largo que nadie me había dado nunca, me acarició la cabeza, y deslizó muy poco a poco las manos por mi espalda. Noté una erección y cómo la restregaba contra mi pelvis, pero hice como si no pasara nada. Cuando nos separamos me dio un beso en la mejilla y yo me di la vuelta y empecé a andar con la sensación de tener un ovillo de serpientes deslizándose calentitas por mi entrepierna. Mientras yo andaba, ellas atravesaban tejidos, hacían lo que les venía en gana dentro de mi cuerpo, subían lentas por los intestinos y anidaban en la boca del estómago.

Juanita, no sabes la impresión que tuve cuando te vi y te conocí en El Salvador y lo a gusto y feliz que pasé el resto de aquel día cuando íbamos paseando en aquella linda carretera, que no sabes lo contento y a gusto que iba a tu lado que yo no me hubiera separado de ti hasta el fin del mundo. Ya sé que tú no me quieres como yo te quiero porque yo estoy enamorado de ti y puede que para ti sea muy pronto.

Juanita, si es que me quieres como yo te quiero escríbeme tan pronto recibas estas cuatro letras y así el domingo subiré a verte y hablarte en serio lo que tú te puedes pensar.

Sin más que contarte en letras se despide este que ya te lo dirá si tú quieres.

Unos meses después de la comida en el restaurante chino, en algunos espacios íntimos que empezaría a frecuentar, mi nombre pasaría a ser un sustantivo común. *Niña. La Niña.* O *mi Niña.* Cuando me alejé de la mirada autoritaria de mi madre entró en mi vida un hombre que me doblaba la edad y me deseaba, y me dejaba notas en el caballete, y me mandaba mails y cartas. También yo lo deseé y le escribí. «¿Por qué no me envías fotos pornos tuyas? Anda, sé buena...», y él debe de guardar una caja llena hasta arriba.

Unos meses después de la comida en el restaurante chino, las llamadas de mi profesor se multiplicarían y empezaríamos a compartir largas sobremesas con poetas y novelistas importantes. Yo callaría y observaría, me reiría cada vez que tuviera una salida ingeniosa, o llevaría conmigo a mis amiguitas de la facultad o a mis compañeras de piso si él me lo pedía.

Antes de convertirme en la Niña, el que sería mi Hombrecito aprovechó una tarde que lo llevaba en coche hasta su casa para acercarse a mí más de lo habitual. La intimidad del vehículo le permitió darme un beso largo con sonrisita pícara al acabar. Después salió, cerró la puerta y desapareció en su portal. A las cinco de la mañana volví a coger el coche para esperar a mi novio en la puerta de su casa y decirle que habíamos terminado.

A partir de ese momento mi vida entera giraría alrededor del Hombrecito. Estaría atenta a cada palabra que saliera de su boca, anotaría los títulos de los libros que citaba y retendría cualquier comentario que hiciera acerca de las otras mujeres. En el caso de que alabara la belleza de una rubia con botas de caña blanca, yo acudiría a mi siguiente cita con un sucedáneo de aquellas botas, si dijera que le gustaba el cuerpo atlético de Verónica de Operación Triunfo, me apuntaría al gimnasio, si el piropo fuera para Ana Torrent, moderaría mi dieta. Y más tarde escribiría, pintaría y fotografiaría pensando solamente en él y en su placer, sin tener en cuenta el mío.

Una mujer de espaldas está a contraluz en una habitación amplia que da a un patio lleno de plantas. Tiene el pelo muy largo, el cabello es una veladura brumosa que no tapa su figura. Mi profesor me mostró orgulloso la imagen uno de los primeros días que dormí en su casa. La mujer tenía las piernas un poco separadas y podía verse la pelusilla del vello púbico. Yo lo imaginaba en su sillón con la foto en la mano y envidiaba a la mujer, quería haber estado desnuda en esa habitación y que él hubiera sentido el deseo de conservar mi imagen.

Fue entonces cuando empecé a enfrentarme a mi reflejo en el espejo con una cámara en la mano. Me gustaba mirarme y pensar que era él quien me miraba. Volvía el ovillo de víboras a mi entrepierna. Imprimía las instantáneas en acetatos y las encolaba en pequeñas tablillas de madera. Las guardaba en cajitas y esperaba a que llegara el momento para poder regalárselas.

Un día, en la universidad, propuso trabajar un ejercicio sobre la metáfora, y yo pensé en la bestia octópoda de ese poema que habíamos hecho nuestro y pedí a una pareja de amigos que vinieran a casa para ayudarme a resolver la imagen. Quería que la foto que viera mi Hombrecito pasara a ser una de las imágenes importantes de su caja de mujeres desnudas. Coloqué la cámara en el trípode y uno de ellos se tumbó en la cama. Cuando yo me colocara delante de él sus brazos habrían de moverse sobre mi cuerpo y confundirse con los míos, tenía que ir cambiando también la posición de las piernas. Un foco rojo nos alumbraba. Mi otro amigo tenía que disparar cada vez que yo hiciera un movimiento.

Inolvidable Juanita:

Tomo la pluma para decirte que tuve buen viaje.

Juanita, amor mío, no te puedes imaginar lo que yo pienso en ti porque yo estando a tu lado me siento muy feliz, porque aunque estos días de Pascua en ese pueblo no se divierten los jóvenes, yo estoy muy contento y orgulloso de haber pasado los dos días a tu lado porque estando a tu lado no me iría nunca porque para mí cada hora que pasa me parece un minuto, no sé si a ti también te pasará lo mismo.

Juanita, no sabes lo feliz que pasé aquel rato luego de cenar, pero me quedé en las ganas de saborear tus lindos labios que siempre sales con la tuya y yo me quedo siempre igual, no porque cuando me dices que me darías el permiso cuando se casaríamos, aquella palabra se me queda muy grabada en mi pensamiento, Juanita, de momento haz esto por mí porque te quiero.

Sin nada más, recuerdos para tu atenta madre hermano abuelo y la señora Dolores se despide tu amado que tú ya lo sabes.

Si en el umbral de la puerta de mi casa dijera a uno de mis estudiantes:

«Niño favorito, tápate bien esas piernas hermosas y largas que tienes, que vas provocando y te vas a resfriar. Espera, así, bien abrochadito, ponte la bufanda. Ya sabes que me encantaría que pasáramos alguna tarde en tu habitación, pero aquí en mi casa estamos más tranquilos, podemos hacer lo que queramos sin molestar a nadie, que tus amiguitos también tienen sus vidas. Ale, hasta mañana. Que tú y tu culito durmáis muy bien. Sí, otro día te quedarás y pasaremos la noche juntos. Tu mamá te va a echar mucho de menos. Ñiqui ñiqui ñiqui, bombón. Precioso. Descansa, mi querido sireno normando», no sé qué pensaríais.

Si mi estudiante favorito, al llegar al destartalado piso que comparte con tres estudiantes más, descubriera en su mochila un libro de poemas lleno de marcas y subrayados con su nombre en la portada, con la U de su nombre transformada en <3, y al abrirlo cayera la fotocopia de la palma de mi mano, de mi mano abierta, de mi mano-garra, si tuvierais esa información, me preguntaríais qué es lo que pretendo.

Si abrazara a mi Niño mientras contempla en sus apuntes la *Isla de los muertos* de Böcklin y le susurrara que estoy segura de que lo más probable es que el simbolista pensara en una penetración mientras pintaba la barquita, que seguramente, mezclando la pintura en la paleta, debía de haber sentido lo ardiente del momento en el que el varón busca cobijar su miembro en la cálida y húmeda concavidad de una hembra, si le dijera que pondría la mano en el fuego para asegurar que debió de empalmarse pintando esos cipreses enhiestos, no sé qué me diríais.

Es que era muy guapo, me dijo hace poco un editor que admiro cuando le conté mi historia. «Esto nuestro es un poco asimétrico, Niña, pero tú eso ya lo sabes. Estamos en dos momentos muy distintos, pero falta poco para que esto se resuelva, no te preocupes, mira: tú y yo empezamos aquí, ¿ves? Y es lógico que lo nuestro haya ido subiendo, el deseo es manifiesto, no te estoy desvelando nada que no sepas. Pero has de entender, Paulita, que nada puede elevarse eternamente y, mira, cuando lleguemos más o menos a este punto la curva empezará a bajar. Y es normal que pase. Sucede siempre. Que eso no te entristezca, el recuerdo de lo que hemos sido estará siempre contigo, sé que mi huella no se perderá en tu mar. Abraza a la vida y todo lo que esta va a darte, que será mucho si estás alerta. Y guárdame en un sitio hermoso. Yo te voy a recordar siempre.»

> Antes de seguir adelante, te quiero hablar de las medidas del hombre. De las de la mujer no me ocupo, pues no tiene medidas perfectas.
>
> CENNINO CENNINI

A los dieciséis pensaba que cuando mis pechos crecieran en volumen proyectarían sombra en las costillas y podría ponerme prendas ajustadas, pero pasaban los veranos y no sucedía nada. Los bikinis del año anterior se quedaban en el cajón porque la goma había dado de sí, o porque el rojo estridente había pasado a ser un salmón sin gracia. O porque en 1997 ya no se llevaba el flúor de 1995. Aquello que estaba dentro del canon: la altura, la cara, la gracia de las piernas largas, y el pelo de mata generosa, eran los rasgos que sabía que jugaban a mi favor, pero mi confianza en ellos no era precisamente firme. Vivimos en un contexto que se empeña en llenarnos de inseguridades, en hacernos luchar contra un tiempo que se va a acabar imponiendo, en odiar lo que más tendríamos que querer. La jaula de De Beauvoir. Cremas antiarrugas, contorno de ojos, blue radiance, sérum tensor hialurónico, sérum de noche. Crema antimanchas, crema purificante. Crema dejadme ser feliz con mi carne.

Alfonso, si de lo que dices que si he adelgazado pues he perdido bastante porque estoy casi toda la semana con un resfriado bastante fuerte y no me lo puedo quitar y no sé qué hacer porque todas las noches me emborracho de vino caliente o de coñac, así es que estoy aburrida y sin ganas de comer. Si hubiera estado a tu lado te hubiera tenido que decir las cosas con enseñas porque de mi garganta no podía salir ni una sola palabra, pero estoy segura de que si hubiera sido así solo con verte a ti y de tu calentor me habría curado. Pero tú no te preocupes, que ya casi estoy bien y sabes que yo la carne la recupero rápido. Se despide tu novia que te quiere.

Cuando tenía que desnudarme delante de mi primer novio, intentaba que cada oscilación de mi cuerpo lo mostrara en su mejor versión: si me tumbaba sobre la cama evitaba el perfil, mis pequeñas tetas me repugnaban cuando la gravedad las movía unos milímetros. Al tumbarme boca arriba desaparecían y solo se veían dos minúsculos pezones que hacían peligrar mi feminidad. Si levantaba un poco el tórax doblando los brazos como una bañista que se incorpora para observar el mar, la figura era armónica. Pero mantener aquella postura haciéndola pasar como despreocupada era agotador, así que la mayoría de las veces acababa tendiendo boca abajo un cuerpo de diecinueve años. Mi espalda y mi culo y mis piernas no estaban mal. Cuando tenía que ir a la playa aparentaba tener frío y tapaba las costillas prominentes con un abrazo, sin acercar demasiado los brazos al tronco, no fueran a parecer más gruesos de lo que eran. O me tumbaba –de nuevo– boca abajo. Mi carne me molestaba incluso cuando estaba sola.

Si mi experto en proporciones profesor de pintura descubría el pastel que cubría la ropa se acabaría el juego que me llevaba cada día hasta él con la alegría con la que una niña de seis años se acerca a un tiovivo sabiendo que sus padres le darán algodón de azúcar cuando se baje del caballito de colores. El Hombrecito se ponía a mi lado. Tocaba mi cadera con su cadera y pintaba en mi lienzo. «No tengan miedo a la dulzura», me decía que decía el poeta Pablo Neruda. «Y qué cuidado hay que tener con lo almibarado, lo dulce. Qué empalagoso puede llegar a ser»,[30] le contestaría hoy yo. Si mi novio venía a buscarme, el Hombrecito me preguntaba que qué tal me iba con los niños de mi edad. También me decía que no me casara, y me hablaba de los griegos antiguos, de la normalidad con la que los adultos experimentados se acostaban con los jóvenes que cuando fueran adultos experimentados se acostarían con los nuevos jóvenes que venían detrás. Y comentaba la belleza del *culito* y las *posturitas* de mi amiga Lidia cuando se apoyaba en su mesa o lo guapa que estaba hoy la modelo que se acababa de operar las tetas. Yo envidiaba entonces el culito de Lidia y las tetas operadas de la mujer que estaba posando para nosotras.

A una compañera sus padres le regalaron una liposucción cuando cumplió dieciocho años. Otra llegaba a clase con los muslos llenos de moratones porque eran demasiado gruesos, y además ella era muy bajita y tenía que ir a una clínica a inyectarse nosequé porque no quería pasar por quirófano. La intervención era dolorosa y cara, aunque poco compleja: te realizaban una incisión limpia en la cara interior del muslo; dos cortes de bisturí, y fuera exceso de piel y grasa. Después cosían y vendaban las piernas, y tenías que mantenerlas sujetas durante varios días porque si no podía cicatrizar mal. Los médicos te avisaban de que el área intervenida se inflamaría, y te decían que si te dolía te podías tomar un analgésico y listas: en una semana, de vuelta en la facultad y aquí no ha pasado nada, y cuando llegara el verano te podrías arrear los shorts más sexis que encontraras en Zara. Después tenías que seguir una dieta

30. James Salter, *El arte de la ficción*, Salamandra, 2018.

equilibrada y hacer deporte para no recuperar los muslos de cerda desbocada que tenías antes de la operación.

Otras dos compañeras querían operarse la nariz porque les había tocado una muy grande. Y una última deseaba quitarse pecho porque tener que cargar con aquellas tetazas le provocaba muchas molestias: cuando tenía doce años usaba prácticamente la misma talla de sujetador, las tetas le crecieron de golpe y aunque pareciera mayor seguía siendo una niña, los hombres la miraban raro y ella no entendía nada y sentía un miedo al que no sabía ponerle palabras. En el colegio no quería hacer gimnasia porque los niños de su clase se reían de los saltos que daban sus mamas y empezó a caminar con chepa y a vestirse con ropa ancha.

Después de las habituales apreciaciones estéticas que hacía mi futuro Hombrecito –gracias a él supe también que existen gran variedad de *vaginas* y que también pueden operarse, algunas tienen los labios muy finos, otras los tienen más carnosos, existen incluso aquellas en las que los labios internos superan en tamaño a los externos, y se escapan del cuerpo, como si quisieran abandonarlo, y entonces los coños son una suerte de sándwich vegetal con exceso de lechuga– y una vez que había empezado la clase, me hablaba de la belleza de la paleta cromática de mi rostro, de sirenas normandas, de mi cabello de fuego. «Y qué te voy a decir de tus cabellos», decía el Hombrecito. Mis cabellos eran las llamas a las que le gustaría arrojarse, «eran Matilde Urrutia, la Magdalena de Tiziano, esa Bella pintada por Palma el Viejo»; mis cabellos eran «de la estirpe de Waterhouse y podían acariciarse con la mirada, podían incluso escucharse. Arrastraban peces rojos y eran capaces de desatar a Ulises». Me miraba dibujar, y así, decía, «descubría mi manera de mirar, que era imprecisa y borrosa». Y entonces me hablaba de lo acertado de mi mirada-barrido, de que efectivamente el mundo no dejaba de moverse, de cómo nos enredábamos los unos con los otros, de la posibilidad de borrar los contornos también fuera del lienzo. Y me preguntaba si prefería «el límite de la línea de un dibujo, o el baile y la celebración de los lindes confusos».

Más adelante me escucharía atento cuando le hablara de la idea de operarme las tetas. El Hombrecito me diría que si lo hacía se volvería loco, que solo me faltaba eso para ser la mujer más irresistible de la Tierra. Y antes de que pasara un año también me diría que sí, que me comprendía, que cuando una historia de amor fuerte llega al final, una siente un gran vacío que puede llegar a engullirla, pero que una no debe dejarse llevar por la angustia, y tampoco debe estar correteando todo el rato por las calles buscando otro amor que la calme o rescate del vacío en que ese primer gran amor la ha sumido. Me diría mi ex-Hombrecito que ya no era una Niña, que tenía que aprender a ser paciente porque la impaciencia es una característica de la juventud y ha de abandonarse, que un clavo no quita otro clavo porque esos dos clavos serían el mismo. Que saliera a la calle, sí, pero sin pretender nada, que el amor llega «solo si no lo buscas». Ah, y que su amiga XXX, la periodista guapa con la que siempre nos cruzábamos en aquel bar-librería, aquella con la que se acostó un par de veces, la del culo generoso, le había dicho que me dijera que no me maquillara tanto. «Recuerda, Paulita, al maestro Cennini, si quieres conservar durante más tiempo el color natural del rostro no lo ensucies, o no tardará en ajarse», «los dientes se volverán negros, finalmente las mujeres *que se maquillan* envejecen antes de tiempo y se convierten en las viejas más feas que se puedan encontrar».[31] Y que mientras mi nuevo amor llegaba podía

31. Cennino Cennini, *El libro del arte.*

deleitarme en los recuerdos del amor que acabó y que tan dichosa me había hecho. Y que siguiera pintando. Y yo pintaba, en rojos, sobre tela o sobre tabla, retratos de mujeres de frente con los ojos cerrados. Los contornos borrosos dieron paso a mujeres que eran nebulosas. Los barridos horizontales las hacían parecer seres que ya habían abandonado un mundo que no comprendían. *L'ànima en desordre*[32] fue el título que elegí para la primera exposición. La segunda se tituló *Nada nadie*. En esta última intentaba establecer un diálogo más evidente conmigo misma, quería entenderme y encontrarme en la autorrepresentación. Cometí, al hacerlo, otro error patriarcal, porque en aquella búsqueda solo podía haber un ejercicio de autocomplacencia y vanidad, y así se me hizo saber. ¿Cómo se hace para hablar de la condición humana cuando se es mujer?

32. El alma en desorden.

> Me dejaba cuidando la cesta de las anguilas, para que no se abriera y se escaparan, y yo, sin que él se diera cuenta, levantaba con cuidado la tapa y metía la mano y tocaba aquellos cuerpos fríos y resbaladizos. Me daba miedo tocarlos, y asco, pero no podía evitarlo.
>
> RAFAEL CHIRBES

Después de un curso académico asistiendo religiosamente a la asignatura del Hombrecito, de la cita en el restaurante chino, y de salir de un verano lento en el que lo eché terriblemente de menos, llegó septiembre y volví a la universidad con la ilusión de cruzármelo por algún pasillo.

Me dejaba caer por su despacho con expresión despreocupada cuando tenía que desplazarme, como si aquel punto formara parte de la ruta obligatoria del tránsito de estudiantes, y profesores, y limpiadores, y técnicos de laboratorio, a pesar de la obviedad del aislamiento de aquel lugar. Si el destino final era la cafetería, después de pasar por su puerta, recorrer varios pasillos, y bajar dos pisos, me sentaba en la mesa más cercana al departamento de pintura. Lo que más deseaba en el mundo era verlo, volver a tenerlo cerca, y levantarme feliz los lunes y los miércoles para presentarme impecable en el aula y hacer como que atendía y poder mirarlo.

Aquel año el Hombrecito impartía una nueva asignatura optativa de segundo ciclo a la que podía acceder con facilidad, pero el deseo se mezclaba con un miedo reverencial, así que, para evitar la tentación de volver a tenerlo demasiado cerca, convencí a Lidia para matricularnos en otra asignatura que en el mismo horario nos llevaría al origen de lo que más nos gustaba. ¿Por qué repetir con alguien que iba a hablarnos de literatura si podíamos estar con otro que nos explicaría cómo moler las lacas –«Algunos la muelen con orina; pero es desagradable, porque enseguida huele mal»–,[33] que nos hablaría de aglutinantes, de cómo fabricarnos carboncillos, que nos enseñaría a cocinar varios tipos de blanco para pintar al óleo? La literatura estaba en los libros. «La yema del huevo contiene agua, albúmina, aceite y lecitina. Debido a la albúmina, con el tiempo se vuelve insoluble en el agua; la lecitina le proporciona un poder emulgente y hace que se mezcle bien con la resina o el aceite. Hay quien utiliza el huevo entero (clara y yema), pero es más aconsejable emplear solo la yema, pues la clara, por su propia constitución, hace más cristalina la mezcla, con el consiguiente peligro de que se cuartee si se trabaja con empastes.»[34] Un taller donde moler huesos de pollo[35] o poder trabajar emulsiones de yemas de huevo debía de ser un sueño y podíamos compartirlo. Nos fabricaríamos nuestro propio temple y haríamos apuestas para ver a cuál de las dos se le pudría antes. Colocaríamos las yemas de huevo sobre la palma de la mano y las pasaríamos de una a la otra varias veces para eliminar cualquier resto de clara, repetiríamos la opera-

33. Cennino Cennini, *El libro del arte.*

34. Antoni Pedrola, *Materiales, procedimientos y técnicas pictóricas,* Ariel, 1998.

35. ¿Qué tipo de hueso es bueno para blanquear las tablas? «Utiliza huesos del muslo y de las alas de gallinas y capones; cuanto más viejos sean, tanto mejor. Según los vayas encontrando bajo la mesa, échalos al fuego; y cuando veas que están más blancos que la ceniza, sácalos y muélelos bien sobre pórfido», Cennino Cennini, *El libro del arte.*

ción hasta que la yema se pudiera coger con los dedos, y, suspendida, la pincharíamos con un alfiler para que saliera todo el líquido ocre amarillo de su interior.

El primer día de clase no podía dejar de pensar que había elegido estar escuchando a un antipático señor obeso en lugar de estar observando cómo mi Hombrecito estaba a punto de atreverse a tocarme, y, dándome cuenta de mi error, mientras mi nuevo profesor se limpiaba el sudor del cráneo con un pañuelo, salí corriendo al despacho del antiguo para que nos aceptara en su asignatura. Al día siguiente, Lidia y yo entrábamos con nuestros maletines en su aula, y dos semanas más tarde, por fin, el Hombrecito levantaba mi cuerpo sin ropa de una cama y salía de su habitación con él en brazos.

Lo colocó de pie delante del espejo que había en el pasillo y me acarició el pelo. Me puso la mano en la espalda y con un gesto suave me hizo saber que tenía que doblarme. Me acarició las nalgas, me separó las piernas, me untó el coño de saliva y me penetró. Mientras follábamos me decía que me mirara, que yo era una Niña hermosa, que qué proporciones, que qué espalda elegante coronada de fuego. «Míranos», decía. «La longitud total del hombre debe ser igual a la distancia entre sus dos brazos extendidos. En total debe medir ocho rostros y dos de las tres medidas. El hombre tiene una costilla menos que la mujer en el lado izquierdo. En total, tiene el hombre de huesos... Debe verse su naturaleza, es decir la verga, del tamaño que gusta a las mujeres; sus testículos serán pequeños y de bellas formas. El hombre bello debe ser moreno y la mujer blanca.»[36]

36. Cennino Cennini, *El libro del arte.*

DANZA INERTE

Extirpar tu inocencia, como piel que nace,
como sangre joven que inunda tu cuerpo.

Me nutro siendo hombre
de tu promesa de buenaventura
que trágicamente borraré de tu mano,
cruzo los márgenes ignorando todo lo que no sabes
porque niego lo que pretendo.

Exprimo tu vientre y quiero los gestos,
esos que llegarán con retraso a la madurez,
los que repiensan las situaciones,
los que celebran la vida o su vuelo invertido.

Tú no lo sabes, danzas bajo una luz cobalto
mientras alguien roza tu mano, se escapa, ríes.
Pulso y el clamor bajo la piel ignoras
qué será de ella cuando al fin sea tuya
y el gusto de tu boca no se seque.

Mi apetencia de algo filtra, surco silente
que dejan tus pasos, sin la voz erguida
no eres lo que ahora deberías ser.

Belleza en tu cuerpo elíptico que goza
sed, mi ánimo ahora descarnado y extinto.

Gesto que oprime,
                                        mi garganta es la misma.
(...)

Las piedras más duras.

Abro la caja: veinte sobres con mi nombre y dirección cuidadosamente escritos con tinta azul, siete cartas sin sobre, cuatro recortes de un suplemento dominical, una servilleta verde, una postal, dos mails impresos, un corazón de cartulina naranja recortado a mano, un papel naranja y dos sobres de azúcar con tinta azul y roja.

«Un hombre tiene la edad de la mujer a la que ama», reza el primer azucarillo que saco de la caja. El segundo lleva anotadas las siguientes palabras: «Ninguna frontera tienta más al contrabando que la de la edad.» En la postal, un pino mediterráneo. El corazón naranja está vacío, pero en el papel que lleva el mismo dobladillo hay una acuarela: un señor de perfil con un gran falo que atraviesa un corazón que queda suspendido en el centro del papel. Con la acuarela, un recorte de una foto que debió de hacer Camila: mi cara apoyada en una proyección de una diapositiva con la cara del Hombrecito a una escala mucho mayor. La foto se tomó en la terraza del apartamento de la calle Merced que compartí con ella en Santiago de Chile aquel invierno que huele todavía a fósforos y a vino. En nuestra enorme terraza que daba a un patio gigantesco, imprimábamos telas, pintábamos, bailábamos y dormíamos la siesta en hamacas. Limpiábamos los pinceles y los colgábamos con pinzas de tender la ropa al lado de nuestras bragas que chorreaban porque el programa de centrifugado de aquella lavadora vieja no funcionaba bien. A la derecha de nuestro castillo, el Cerro Santa Lucía. A la izquierda, la cordillera de los Andes se alzaba majestuosa. También comíamos las tartas de manzana que cocinábamos en el minúsculo y mugriento hornillo, y escuchábamos el último cedé de Serrat que me habían enviado mis padres y la cinta de casete que me había regalado Lidia con dos canciones de Ismael Serrano: «Vine del Norte» y «Dulce y tierna historia de amor». Pensábamos que la felicidad en nuestra terraza-refugio sería eterna, y también mi dulce y tierna historia de amor con el Hombrecito que se había quedado al otro lado del Atlántico. «Otro día más sin tu sonrisa, querida Niña.»

Camila y yo organizábamos fiestas a las que solíamos asistir solas y proyectábamos pinturas, fotos y películas en la fachada del edificio de enfrente. Yo traía en mi maleta diapositivas de *El dios Marte* de Velázquez, de *La isla de los muertos* de Böcklin, del *Sísifo* de Tiziano, y Camila llegó un día con unas cuantas de Condorito que había encontrado en el Persa Bio Bio. Una noche, contemplando a la Furia cargar con la roca mientras nosotras sosteníamos dos copas de vino, le contaba a Camila que mi Hombrecito me había dicho que lo importante era imaginarse a Sísifo dichoso, que debíamos pensarlo en el camino de vuelta, en ese fragmento de tiempo que solo le pertenecía a él y donde no había de cargar con nada que no fueran sus pensamientos. Teníamos que pensar que Sísifo era más fuerte que su roca, buscar la dicha en el terror. Y Camila se levantaba del suelo y bailaba *«in the daaaaaark, just you and Iiiiiiiiii»* mientras alzaba su copa de vino, y decía que ella quería encontrar la dicha yéndose a París y acostándose con hombres franceses, que su pintura ya estaba bien como estaba, y yo le decía que no, que no sabía pintar, que tenía que aprender la técnica para poder romperla, que trabajara los planos, que usara primero paletas muy reducidas y las exprimiera todo lo que pudiera, que construyera figuras obviando la línea, con puras manchas, que hiciera ejercicios en los que consiguiera centrar la atención en una zona determinada del cuadro.

Que fuera al aula de informática y buscara Ribera en internet y la flipara, que ampliara las imágenes y contemplara la mugre de las uñas, que aprendiera a componer como él, o que se empapara de la pintura de David y admirara su paleta (blanco, naranja, siena natural, ocre amarillo, rojo inglés, azul ultramar, tierra sombra natural, negro). O que estudiara a Derain si lo que quería eran más colorines y menos gravedad. Y ella seguía susurrando *«in the daaaaa-ark, just you and Iiiiiiiiii»* con la copa de vino en la mano y moviendo el culo, y decía que me dejara de huevadas, que ella lo que quería conseguir con su pintura era ser libre. Y muchas veces me la encontraba bailando delante de un lienzo de plástico dejando caer pinceladitas de colores en una línea horizontal justo en mitad del lienzo.

Una noche organizamos un carrete[37] con compañeros de la facultad y colé en las diapositivas oficiales imágenes del Hombrecito, y restregué el cuerpo por su cara y a partir de ahí dediqué toda la noche a hacerme fotos con cara de Niña Feliz que pone morritos y se chupa un dedo para enviárselas en la siguiente carta que cruzara el Atlántico.

«Pura y sagrada», «La masturbación de los hombres»,

37. Una fiesta.

«Hablemos de sexo» y «El poeta casamentero» son los títulos de los recortes de periódico.

Tengo más. Tengo una caja de cartón que el Hombrecito llenó de pintura roja para mi veinte cumpleaños: óleos, anilinas, acuarelas, acrílicos con todos los rojos que había en el mercado. Un tesoro acompañado de un fajo de folios doblados por la mitad que todavía conservo. Recuerdo que «Danza inerte» fue el primer texto que leí al abrir la caja. En la fotocopia hay unos paréntesis con tres puntos suspensivos al final del poema. Busco en internet, porque estoy segura de que «matar» y «sangre» eran dos de las palabras importantes, porque leí el libro tantas veces que me lo aprendí de memoria. Si quisiera podría recitar como mínimo cinco poemas de *Las piedras más duras.* Hace un año lo tiré a la basura y ahora he de abrir la pestaña de Google para comprobarlo. «Viéndote así, me relamo en tu sangre / porque mato tus gestos plegándose a los míos.» Ahora sé que el Hombrecito eliminó los dos versos más siniestros del poema.

«Espero que del regreso del gimnasio leas esto, y que tu culito esté preparado para recibir mis caricias sin medida, sinvergüenza. Acabo de hablar contigo y la sensación que describes es justamente la que siento..., da igual, importa solo el deseo cuando se siente así de fuerte, lo demás son cuentos, como eran cuentos las palabras esas razonables que yo te decía, que si es imposible, que si seamos sensatos, esas cosas de aguafiestas que decía un poco por obligación, cumpliendo con desgana mi papel de hermano mayor, de papá, de merluzo descafeinado, no me preocupan ya esas historias, las ganas de verte y de abrazarte las disuelven, solo sé que tengo la sensación de que esto ya no se puede parar, no te asustes, a lo mejor sí, pero yo ni de lejos tengo ganas, y aunque se pueda ya no quiero, para qué, en nombre de qué o de quién.»

Querida Juanita:

Me alegra que al recibo de esta carta disfrutes de buen estado de salud, yo por ahora bien.

Juanita, estas cuatro letras son para decirte que estoy en Madrid. Cariño, te diré que salí de Valencia el miércoles a las 9 de la mañana y he llegado el jueves a la misma hora. A Madrid así es Cariño, que he estado 24 horas de viaje y 20 con tren que ya no podía ir sentado pero a pesar de todo he tenido buen viaje y me he distraído mucho contemplando el campo que ya hacía tiempo que estaba soñándolo y me ha gustado mucho pero me faltaba una cosita, o sea una Juanita para tener el viaje con más alegría y cariño pero aun así no te he alejado ni un instante de mi pensamiento porque pensaba muchas cosas que algún día llegarán para hacer un viaje los dos juntos. Hasta Albacete fui con un amigo mío que está en la carpintería y luego todo el camino solo.

Juanita, voy a contarte un poco de lo que he visto. Ayer jueves salí con mi tío y hermana me llevaron a ver el palacio, la Puerta del Sol y algunas calles más importantes y hoy viernes tengo que ir a los toros y por la noche al cine, así es cariño que voy a ver una buena corrida porque torean los toreros más famosos que hay ahora.

Me preguntaron por ti mi tía y otras personas. Cariño, solo quisiera que estuvieras aquí unos días para que vieras lo bonito que es todo esto, pero tú como te has criado en ese pueblo que nunca sales de él ignoras muchísimas cosas que existen en el mundo, pero algún día te llevare por aquí o por otros sitios. Con el viaje de boda. Ya verás como cambiarás de pensamiento.

Sin nada más por hoy, recuerdos de mi tía hermana y de otra chica que algunas veces ya te he hablado de ella, recuerdos para tu madre, hermano y demás familia. Y de este tu novio recibes un fuerte abrazo que no te olvida ni un solo momento.

En la primera carta que llegó a Santiago de Chile, el Hombrecito se disculpaba por la *soez conducta desplegada* en sus correos electrónicos y, después de asumir la *redundancia temática* de la que hacía uso, le explicaba a la Niña que era importante que entendiera el porqué de *tantas y tan blancas y generosas erupciones volcánicas:* pasaba demasiado tiempo con su *pequeño amigo* y su imaginación se desbordaba, se alejaba *voluntariamente de la norma para encontrar en el desvío el estímulo que provocaba la sorpresa* y desencadenaba el orgasmo. Así que la Niña evocada había representado ya todas las variantes y guarrerías imaginables que tanto deleitarían a sus amigos los premios nacionales de poesía y que tan en paz lo dejaban a él. Y después le decía que, si estuvieran juntos, *con la calma inmarcesible en la que sume el orgasmo a un cuerpo,* subirían en bicicleta al monte más hermoso y que él le mostraría uno de los lugares que más quiere, con robustos pinos mediterráneos, y alcornoques. Y allí, *en los alcornoques, estarían los dos.* Y después volverían a casa y se darían un baño, *lavarte y enjabonarte como una niña,* y luego le cocinaría unas chuletas de cordero de esas que comía con su papá y su abuelito, y que las bañarían con vino tinto. El Hombrecito dejaba el resto del relato a la imaginación de la Niña, «pues sé que imaginación no te falta. Pero disfruta de tu nuevo puerto, olvida un breve tiempo a este Hombrecito que ya vivió las zozobras y pasiones de la juventud, entrégate a la vida, vuela, baila todos los bailes que quieras bailar, mi Niña, y no dejes de crecer en todas las direcciones. Experimenta, lame la piel de la tierra del Realismo mágico, prueba todo aquello que tu corazón considere bueno, y cuando regreses permite que tu frondosidad me acoja de nuevo, porque eres tú, mi querida Niña, el lugar donde más ternura he encontrado, y ya me es imposible renunciar a un cariño que no hallé en ningún otro sitio. Mientras tú te expandes, yo te espero. Recibe de este Hombrecito un beso enorme. No dejes de pensar en mí».

Valencia, 7 de septiembre de 2002

Paulitaaaaaaaaaa! Caramelitoooooo!

Me he venido al cíber de Peris y Valero para mandarte un mail, que salgo de tu piso de Blasco Ibáñez y me venía de paso. ¿Y sabes qué me ha contado la Pa? Que ha ligado con un exprofe suyo (el de música del año pasado), que quiere quedar con ella, pues que te escriba y le cuentas cómo es eso de los vejestorios y lo que cuelga y lo morao, no? Hahahahhahahahahahhaha! Bueno, te cuento lo que me ha dicho: ella fue al despacho suyo porque se lo encontró por la calle y le habló de un cursillo de ópera que a ella le interesaba y le dijo que fuera a su despacho a por información. Y eso hizo, y va y cuál es su sorpresa? Pues que le pide el teléfono, y que a ver si quedaban para charlar fuera de la uni..., preguntándole encubiertamente si tenía novio. Encima sabía que la Pa es de Alzira, y ella no se lo había dicho!, ahí, cogiéndola del brazo..., aaaaaaaa, encima está calvo, es feo, mayor..., vamos, que no es como el tuyo ni de coña. Está to agobiada porque no reaccionó a tiempo y no le dio un teléfono falso. A ver cómo se lo monta ahora para darle largas.

En fin, bueno, aparte de eso, ¿qué tal todo por allá? Conociendo el país finito, ¿no? Qué bien! Al final montaste en avioneta? Fuiste a un fundo o algo así, no? Qué coño es eso del vino caliente? Es verdad que irás a Argentina? Eres una cabrona. Lo sabes, no?

> En el extremo de Chile se funde el planeta:
> El mar y el fuego, la ciencia de las olas.

¿Es así Chile? No es que me haya puesto profunda, que lo he copiado del libro que me regalaste. No sé qué de volcanes y selvas, y líiimites de la tieeerra, no sé qué de raíces, y mundos nuevos y el vaivén de un mar inabarcable. Caramelito, gracias de nuevo por acordarte de mi cumple, y por tu intento de llamada, me quedé sin *selular* toda la semana, se me bloqueó al abrirlo de todas las llamadas y mensajes acumulados durante 10 días! Un caos. Parece mentira pero el móvil es ya algo imprescindible.

Qué más te puedo contar... Que las clases de dibujo son muy aburridas sin ti. Ah, y que estoy muy cabreada. Hasta el coño. Hasta la *figa estic!* ¿Sabes qué me dijo el otro día el capullo del Andoni Felón? Pues primero, habla así en general, con el silencio que hay siempre en clase, que ya lo sabes, que vamos cagadas de miedo. Y dice (porque ya no hay estatuas, ahora hay modelos, y había una muy blanca, que qué jodida es para ver las sombras, que parece de terciopelo ella entera y su cuerpo difumina la luz), pues dice *«Che, això sí que són mamelletes, i no lo de la Venus de Milo!»,*[38] y todas calladas y a algunos se les veía aguantan-

38. Che, ¡eso sí que son tetitas, y no lo de la Venus de Milo!

do la risa, pues a mí no me hizo ni puta gracia. Y luego me viene a mi caballete y me dice que a ver si dibujo como toca, que a ver si me lo tomo de una vez en serio y le dedico al dibujo el mismo tiempo y las mismas ganas que dedico a pintarme las uñas. Y me lo dice con su aliento de carajillo a las nueve de la mañana y su sonrisita de mierda. Será gorrino y gilipollas! Pero claro, yo callada como una puta, que el hijo de perra seguro que me suspende si me pongo chunga. Pero qué cojones y qué mierda. Me ha tocado bien la *figa*.

En fin, que te escribiría todo el día, que además de informarte me iba a ir bien para desahogarme, pero tengo que acabar la pintura de proyectos y no quiero pasarme toda la noche con el secador en la mano, y voy fatal, que es un 100 × 70, y como no se seque no sé cómo lo voy a meter en el metro. Aunque me da a mí que el óleo con secador... nanái... Tu Hombrecito dijo el otro día algo de la oxidación, o del oxígeno, o nosequé. Así que tengo que darme prisa. Ahora te he puesto nerviosa con el Hombrecito, ¿eh? Pues te jodes. *Pa* qué te vas y nos dejas. Te mando un besito y me despido... Tú sabrás en dónde lo quieres, el besito (no es de Hombrecito pero tiene mucho amor y la piel tersa). No te olvides de que te quiero, y no me cambies por ninguna chilenita, que yo soy tu amor verdadero y lo sabes. Caramelita, te echo de menos.

Lidia

El blanco estaba lleno de impurezas. Al entornar los ojos, la zona central era ligeramente terrosa, y había cierta inestabilidad que no correspondía al medio. El blanco corrupto se movía.

Averigüé que el movimiento de la pintura respondía a la carne, que tenía un vínculo físico con ella. Estaba de pie en el centro de la sala, delante de una tela fijada a un bastidor de tres por tres, con una bata beige llena de manchas blancas, pequeñita yo delante del imponente cuadro, cubierta con el atuendo monacal. El suelo estaba salpicado de pintura seca y la pieza ocupaba todo el espacio central de un taller de techos altos y luz tenue. Había trabajado la superficie de lino crudo con rodillos, paletinas y pinceles de pelo suave, mezclando blancos con trementina, respetando los secados, velándolos con aceites, con toda la paciencia de la que disponía, y estaba agotada, y mi piel sudada emitía un leve olor a orín. Cloruro sódico, ácido láctico, azoados, sales cálcicas, sales potásicas y agua evaporándose para mezclarse en el ambiente con el vapor del aguarrás.

Entornaba los ojos y veía que, a pesar del cuidado durante la ejecución, la obra no respondía al blanco puro que la inspiró, y temía que la contaminación de la tela tuviera algo que ver con mi presencia. Las impurezas se deslizaban por la tela acompañando a la mano, como si la mano fuera un imán y ellas virutillas férricas. En el centro, dispuesto en una grieta vertical, el desperdicio se concentraba. La morralla estaba en el núcleo de mi obra, en la zona más visible.

El blanco de plomo se fabricaba al exponer unas planchas del material a la acción del vinagre. Más tarde se cubrían con estiércol de caballo. Después de unos días, se formaba sobre el plomo una sal blanca de cristales microscópicos. Era esa sal, lavada, secada y triturada, la que constituía la pintura. «El blanco de plomo es muy tóxico, opaco, cálido y sólido a la luz, pero tiende a amarillear en la oscuridad. Es aconsejable no mezclarlo con colores que contengan azufre. Si el azufre entra en contacto con el plomo, el plomo ennegrece.»[39] Seguro que las máculas aparecieron por culpa de las paletinas que había usado para trabajar aquel cuadro amarillo. O por mi sudor. La grieta podía ser consecuencia de las primeras capas, era posible que no fueran tan finas como debieran, posiblemente me confundiera y usara el blanco de zinc a pesar de saber que el blanco de zinc no es flexible. Es más voluminoso que el de plomo, pero también menos compacto.

No se puede pretender que el blanco de zinc construya una base estable en ninguna pintura. ¿Cómo podía conseguir pintar un cuadro blanco si tenía que estar en la sala con él, si irremediablemente iba a acabar formando parte de su envilecimiento?

Antes de despertar entraron varias personas en el estudio. No me apetecía ver a ninguna de ellas hasta que llega-

39. Antoni Pedrola, *Materiales..., op. cit.*

ba el Hombrecito, que lógicamente destacaba entre el resto. Curiosamente, era él el único que acababa estorbando, el que no callaba, el que andaba de arriba abajo, envolviéndome con su cuerpo, y señalando esa virutilla, o esa otra, colocando sus dedos sobre la tela para apuntar las partes que debía pulir a nivel cromático, pero dejando en ella pequeños surquitos que modificaban mi superficie impecable. Sí, le decía, tienes razón, Hombrecito, ahí hay mugre. Pero no me atrevía a pedirle que señalara sin tocar. El Hombrecito tenía los dedos blancos. Seguía paseando por la sala y seguía hablando. El resto de las presencias juzgaban en silencio mi torpeza con lo que ocupaba el lugar central de mi vida.

Después entró el sol en la habitación, me desperté antes de tiempo, desayuné con calma, y me dirigí a la facultad. Y la cadera de mi Hombrecito junto a la mía, y «Paulita, ven al despacho un momento», y el deseo, y las ganas, y el sueño, y la pintura blanca corrupta, y yo corrupta y muda, y afortunada también, y en el aula de nuevo, al lado de Lidia, y Lidia hablando, y yo muy lejos. Toda yo virutilla férrica, toda yo contaminante. Y yo sorda. Y Lidia hablando. Y yo con el pincel en la mano bajando las escaleras con la intención de pedir una beca en el lugar más remoto al que hubiera posibilidad de ir para alejarme de aquel despacho. ¿Santiago de Chile? Vale.

Recibí un sobre con ocho fotos y un folio manuscrito con tinta azul.

El Hombrecito me animaba a fijarme en lo bien que estaba montado encima de una cocodrila de plástico y la cara de mala leche que ponía ella («es que son un poco estrechas las cocodrilas de juguete», decía). Dijo también que le habían recomendado restregarse con una muñeca hinchable para aplacar sus ansias varoniles, pero lo único que encontró fue una anfibia verdosa y con los ojos rojos, y que a fin de cuentas yo también era una sirena normanda, y que en teoría no debería haber tanta diferencia entre la animala de plástico y yo. También que más tarde decidió pasarse a los delfines, y que no sabía si lo que estaba haciendo con ellos era un trío o si lo que mostraba era una triple erección, que el delfín de la derecha ponía cara de éxtasis, que se estaba yendo... y que volviera pronto, que si no acabaría con la juguetería o, ojo, peor, tendría que recurrir a otras guarrerías de la mano de sus amigos los poetas premios nacionales.

Imagen 1: Hombrecito en el centro de la instantánea sin camiseta, sosteniendo a una niña pequeña en brazos delante de unos parrales con árboles y plantas. Al fondo, la cabaña que le construyó a su hijo y donde unos meses antes de irme a Chile me llevó para mantener relaciones sexuales.

Imagen 2: fragmento del rostro de Hombrecito durante una conferencia. En el centro de la imagen, un reputado director de cine se dirige a la audiencia, Hombrecito sonríe. A su otro lado, un respetado pintor español hiperrealista.

Imagen 3: Hombrecito está rodeado de alumnas durante una cena. Son mis compañeras de clase. Una de ellas sonríe a la cámara, el resto no sabe que se está disparando una foto. La chica de su derecha sonríe mientras se toca la cara, la otra también sonríe. Hay una figura masculina que da la espalda y solo muestra un cogote blanco. Hombrecito mira con atención a quien debe de estar hablando. Los codos sobre la mesa, las manos a la altura de su cara, una sobre la otra.

Imagen 4: escena campestre. Una ventana cerrada donde se reflejan árboles y el torso desnudo de Hombrecito, que hace una fotografía a su reflejo.

Imagen 5: zoom de la misma escena. El torso ocupa la mayor parte de la fotografía.

Imagen 6: nuevo autorretrato de Hombrecito en un reflejo de una ventana. Esta vez aparece tumbado en un sillón con unos calzoncillos blancos. La cámara, como en las imágenes anteriores, le tapa la cara.

Imagen 7: piscina. Hombrecito está solo en la imagen, justo en el centro. Su mirada es hermosa y desafiante, el pelo pegado a la cara. Sostiene dos colchonetas inflables de un tiburón y un delfín que la cámara capta en escorzo.

Imagen 8: Hombrecito está sobre un cocodrilo inflable. Es muy atractivo. Al fondo, tres bañistas más lo observan y sonríen. Uno de ellos intenta subirse al tiburón inflable de la foto anterior.

«Querida mía, como te dije ayer por mail te envío unas fotos para que te rías un rato. La niña que aparece en mis brazos no es ninguna nueva novia, sino mi sobrina, que me está consolando este verano de tu lejanía. Sin más, de momento, miles de besos incandescentes para todas las partes de tu cuerpo: que ninguna se sienta celosa.»

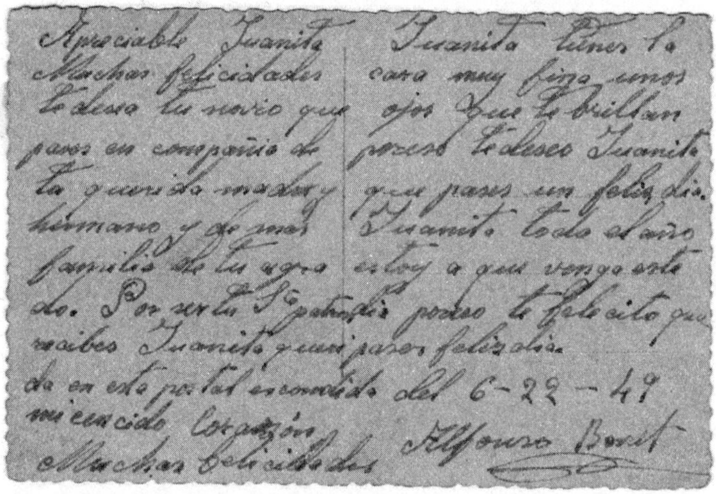

Apreciable Juanita
Muchas felicitades
te deseo tu novio que
pases en compañía de
tu querida madre y
hermano y demás
familia de tu agra
do. Por ser tu Sto patrón día

Juanita tienes la
cara muy fina unos
ojos que te brillan
poreso te deseo Juanita
que pases un feliz día.
Juanita todo el año
estoy a que vengo este
día poreso te felicito que
pases feliz día.

recibes Juanita que un
da en esta postal encomendado del 6-22-49
mi encendido corazón
Muchas felicidades Alfonso Borit

LA SEBASTIANA

Siete páginas de un álbum de fotos registran el trayecto Santiago-Valparaíso y la visita a la casa del poeta Pablo Neruda. Treinta y seis fotos. En las primeras, imágenes tomadas desde el asiento de atrás de un coche, llevo los ojos vendados con un pañuelo azul. Mi amiga Camila me llevó a ver el Pacífico por primera vez y quería que no olvidara la experiencia. En las siguientes imágenes sonrío encima de un cañón que apunta al mar. *Prohibido jugar sobre los cañones. Peligro.*

Abrazo el artefacto como si de un falo enorme se tratara. El Hombrecito lo habría llamado *Erupción volcánica. Como si de un gran volcán se tratara.* Cuando se refería a mi coño utilizaba las palabras *herida luminosa.*

En las siguientes imágenes Camila y yo tomamos cervezas Escudo en un antro. Las fotos de la mañana siguiente son hermosas: la belleza de las fachadas de colores de Valparaíso salpicadas de árboles. Hay una instantánea tomada desde dentro de la casa del poeta. Lo que hay en La Sebastiana está oscuro, pero se puede leer un cartel con el texto EL MAR encabezando un fragmento más largo reposando en la ventana. El texto afirmaba que alguien había colocado el océano Pacífico delante de su ventana solo para él.

Neruda, como el Hombrecito, también cogía lo que le venía en gana. Como aquella mujer pobre que limpiaba las heces que él dejaba en el cagadero cuando fue diplomático en Ceilán: «Una mañana, decidido a todo, la tomé fuertemente de la muñeca y la miré cara a cara. No había idioma alguno en que pudiera hablarle. Se dejó conducir por mí sin una sonrisa y pronto estuvo desnuda sobre mi cama. (...) El encuentro fue el de un hombre con una estatua. Permaneció todo el tiempo con sus ojos abiertos, impasible. Hacía bien en despreciarme.» Me aprendí de memoria algunos de sus versos y también llamé mi Capitán a mi Hombrecito.

Las siguientes imágenes también son bonitas: paseamos por las calles empinadas y nos fotografiamos delante de las decenas de murales que cubren Valpo. Un avión que apunta a mi corazón. Unas flores. El rostro gigante de Violeta Parra.

Nuestras sombras proyectadas sobre el suelo.

ISLA NEGRA

Doce páginas en el mismo álbum de fotos. En las primeras, la calle Merced sin apenas tráfico. Camila y yo estamos apoyadas en un coche verde aparcado en la acera, justo en la puerta del restaurante Les Assassins. Al fondo, un badulaque y un señor vestido de señora empujando un carrito lleno de objetos. Parece sacado de una película de Buñuel. Parece que acabe de llegar de las Hurdes. Grabados de patente parabrisas espejos vidrios laterales aquí, y un señor con brazo sobre tripa voluminosa y mano en rostro.

Las siguientes fotos ya se toman en El Tabo: calles anchas que recuerdan a un paisaje urbano norteamericano. Postes, cables, y dos carteles: Farmacia El Tabo y Supermercado San Luis. En la última foto de la primera página, dos pescaderos colocan sobre unas mesas cajas de plástico llenas hasta arriba de mercancía gelatinosa. Una barra de hierro de la que cuelgan infinidad de sepias, pulpos y pescados grandes. Una camioneta con la puertecilla abierta. Pescadería El pequeño gigante. En la siguiente página, seis instantáneas de nosotras dos andando por anchas calles polvorientas de color ocre con el mar al fondo. Camila mira a la cámara sonriente y abre los brazos. Parece que vuela. Yo voy vestida de azul y llevo un gran pañuelo atado a la cintura, tapándome el culo, porque he engordado y muchos señores alaban mi gran culo en voz alta. *Guachita rica.* En las otras, rocas y agua de mar. La tercera página la ocupan tres imágenes: una panorámica de la casa de Pablo Neruda tomada desde el camino de tierra con una gran barca blanca en primer plano, araucarias, pinos y arbustos, y una barandilla de madera.

La segunda imagen es un retrato de cuerpo entero en el que abrazo un palo alto con las palabras «Poeta Neruda» pintadas de blanco en la cima.

La tercera foto es un primer plano con la casa a mis espaldas.

Sonrío pletórica. El viento me enreda el pelo rojo de *sirena normanda.* «No olvidemos que Matilde era pelirroja. No olvidemos la constante exaltación poética de la cabellera y de los pechos de Matilde, ¿rojizos también, bañados en una penumbra que venía de la cabellera?»,[40] copiaría el Hombrecito en una carta.

En las imágenes siguientes, más viento. Un mar bravo. Me apoyo en un gran ventanal con una colección de botellas de cristal a mis espaldas. Más tarde me siento en una silla de hierro blanco delante de otra ventana. Después abrazo la tumba de Neruda manteniendo el equilibrio en cuclillas. Hay un pez blanco pintado sobre una gran piedra oscura. Saco un frasco de cristal y lo lleno con la arena que hay entre la tumba de Matilde Urrutia y Pablo Neruda y el Pacífico para llevárselo a mi Capitán. Mi Capitán es un nombre de mierda, pero entonces todavía

40. Jorge Edwards, «El poeta casamentero», *El País Semanal,* 15 de septiembre de 2002.

no lo sé. A mi vuelta, mi Capitán colocará el frasco con arena en una de las baldas de la librería que hay al lado de su cama, junto a una pintura con bastidor circular de un coño peludo en blanco y negro pintado con mucha delicadeza, y yo lo veré cada vez que pase la noche en su casa.

Después vamos a la playa del Canelo.

Nos revolcamos en la arena.

Nos divertimos en una playa rodeada de pinos.

Pensaba que había sido mía la idea de regalarle al Hombrecito una primera edición chilena de *Estravagario* o *Memorial de Isla Negra* por su cuarenta cumpleaños, a pesar de lo limitado de mi economía, pero fue él quien eligió el regalo. Mientras yo descubría el mote con huesillo y las machas a la parmesana o me empachaba de churrascos palta mayo en algún bar de colaciones en la plaza de Armas de Santiago, mientras tomaba micros en las que no cabía un alma y me enteraba de quiénes eran los sapos, mientras me maquillaba y me alisaba el pelo para ir a fiestas electrónicas en helipuertos, mi Hombrecito debía de estar observando cómo los ojos empezaban a hundirse, cómo se multiplicaban las arrugas, cómo de cruel era el inicio de su nueva década.

También pensaba que la decisión de ir a visitar la tumba del poeta y recoger arena en Isla Negra había sido mía, pero «Querida Niña, paso un momento a echar un vistazo a la casa y todavía no hay ninguna carta tuya en mi buzón. Aquí en la pantallita luminosa sin embargo sí, tengo tu email que me encanta leer, con Atlánticos y modos de hacer que tú explicas –seguro que no explicas todos los modos de hacer y deshacer que sabes– y anuncios de fotos de la casa de Neruda que me gustarán mucho y me darán mucha envidia. Por cierto, como ahora mismo, en diciembre, es mi cumple –40: a partir de ahora regreso hacia la infancia– se me ocurre que me podrías regalar alguna edición chilena de *Estravagario* o *Memorial de Isla Negra* o alguna edición rara que encuentres en librerías de viejo o algo así». Además del viejo ejemplar de *Estravagario,* compré una placa ovalada de cerámica azul ultramar en la que alguien había escrito en blanco la palabra «Capitán». A mi regreso la colgó con dos clavitos en la puerta de madera de su habitación.

El Hombrecito nunca me dijo que me quería porque las palabras se gastan, *si nos decíamos lo que queríamos decirnos, lo no dicho dejaría de existir,* y aquello me inquietaba igual que cuando se deshacía en piropos hacia otra mujer o estaba tres días sin llamarme o mandarme un mensaje. Cuando me enviaba fotografías de las cenas y fiestas a las que asistía, contaba el número de hombres y el número de mujeres que aparecían en ellas, y respiraba tranquila si el número era impar o si no había en ellas chicas de mi edad.

El día en que una de mis compañeras dijo que no había traído su pintura porque no podía levantar peso, sentí de nuevo aquella *zozobra* porque el Hombrecito la llamó al despacho mientras el resto pintábamos, y yo no pude concentrarme hasta que volvieron al aula.

Después, en su casa, me explicó con todo lujo de detalle la operación de pechos a la que mi compañera se había sometido y me dijo lo bien que le quedaban las tetas nuevas, habló de los gestos que ella hizo en el despacho mientras se lo explicaba, de cómo levantaba los brazos como si fuera a volar, con los codos doblados mientras con los dedos se acariciaba la base de las tetas.

> –Tú no estabas conmigo todos estos años, pero entonces no me parecía un problema –me dice por teléfono–. Sin embargo, ahora que te he conocido y que te has ido de mi lado, parece como si se hubiera roto el equilibrio. Esta mañana me he sorprendido mirando la silla en la que te sentaste, era muy triste no verte en ella. Sigo deseando volver a verte, pero tú no estás.[41]

Cada vez que llegaba a Chile una carta del Hombrecito se armaba un gran alboroto en la casa de la calle Merced. Yo abría el sobre con cuidado y leía sus palabras en voz alta.

Si la carta contenía dibujitos o fotos, los pegaba con cinta de pintor en la pared de delante de mi cama, en la habitación que compartía con Camila. En la pared en la que se apoyaban los cabezales de las dos camitas individuales había escrito con letras gigantes NO TENGAN MIEDO A LA DULZURA.

Los mails solían llegar los días impares y los copiaba en una libreta que guardaba en el cajón de la mesilla de noche. Algunos lunes se me acumulaban los del fin de semana y pasaba más tiempo del habitual en el aula de informática.

Camila y yo nos conocimos en la cola de esa aula cuando yo llevaba tres días en Chile, y después de aquel encuentro, el destierro en el Fin del Mundo lejos de mi amor se transformó en una de las mejores experiencias de mi vida.

41. Joyce Maynard, *Mi verdad,* Circe, Barcelona, 2000.

Camila parecía un personaje sacado de una película de David Lynch y lo que sucedía cada día que pasábamos juntas, la puesta en escena de una deliciosa alucinación del director. El día que nos conocimos había recibido un mail de Lidia y me esforzaba por contener la risa porque no quería que me echaran de la sala. El aire se me escapaba por la nariz y parecía que el pecho ensayara una pieza de danza contemporánea, tenía la cara roja y con las manos me tapaba la boca, mi cuerpo hacía el ruido que haría un animal atragantándose. Solo Camila me miraba divertida y se sumó a las risas. Yo me dirigía a la desconocida con los ojos llorosos e intentaba explicarle la broma, pero de mi boca solo salía un ridículo hilillo de voz. Entre risas y con hipo fue como tuve que cerrar la sesión de Hotmail y salir de la página web de la Caja de Ahorros del Mediterráneo, porque los responsables de la sala no tardaron en ponernos a las dos de patitas en la calle.

El día después del encuentro, Camila organizó una once[42] en el departamento que un mes más tarde compartiríamos. Me dijo que llevara algo para tomar y yo llegué con un par de botellas de dos litros de Coca-Cola. Mi amiga esperaba que llevara una botella de vino y lo de la Coca-Cola le pareció muy gracioso. Yo le dije que la próxima vez, si quería vino, usara la palabra «vino». En la mesa había cinco copas y una tabla de quesos con frutos secos y pan tostado, pero no llegó nadie más. Nuestra amistad se forjó de espaldas al resto del mundo y así fue como continuó. Aquel mismo día, después de hablarle de mi Hombrecito y de la cabellera de Matilde Urrutia, de capitanes, de poesía española, y de las *noches del tacto* que tanto

42. Una merienda.

echaba de menos, decidimos acercarnos a la Chascona, la casa que Neruda construyó en una zona apartada de Bellavista para los encuentros secretos con su amante pelirroja.

Algunas noches salíamos de fiesta con los hermanos de Camila (Javier era igual de oscuro y atractivo que ella, Juan era más pequeño y hablaba poco). Como no nos relacionábamos con nadie, en la Facultad de Bellas Artes empezó a correr el rumor de que éramos lesbianas, hecho que a mí y a Javier nos divertía, pero Camila se ofuscaba y se empeñaba en desmentirlo. A Camila le gustaba un francés que se paseaba por el campus con una furgoneta vieja y vivía en una casota enorme de Bellavista en la que daban fiestas que se alargaban hasta el amanecer, y no quería que él pensara que a ella le gustaban las mujeres. Se moría por asistir a una de aquellas fiestas. Yo no entendía cómo Camila no estaba en la casona del francés rodeada de pretendientas y pretendientes todo el tiempo, y me preguntaba cómo debía de ser la vida de mi amiga antes de mi aparición. Tampoco entendía qué podía ver Camila en alguien de su misma edad, por más francés y más guapo que fuera.

Le hablaba a Camila de todo lo que aprendía con el Hombrecito, de los libros que me dejaba, de los arroces deliciosos que me cocinaba, de los restaurantes elegantes en los que cenábamos y de los vinos ricos que pedía. También de las veces que mi Hombrecito me llamaba al despacho en medio de clase, con voz serena, como si tuviera que discutir alguna huevada académica, y de lo que hacíamos en realidad cuando cerraba la puerta. Y de las noches que pasaba en su casa con luz dorada, de que antes pensaba que a mí eso de follar no iba a gustarme nunca porque la única experiencia que había tenido fue dolorosa, pero de cómo el Hombrecito había colocado mi cuerpo en tantas posiciones, penetrándome de tantas maneras, que me había hecho cambiar de parecer; le hablaba de lo erótico que era ver cómo el miembro crecía y se ponía duro, de cuando me lo metía fofo en la boca y lo sacaba terso y brillante, del diálogo extraño entre mi lengua y mis babas y la polla en cuestión, del día que lo hicimos a pesar de la fiebre y lo raro que era que él me tocara teniendo yo escalofríos, de que mi Hombrecito nunca decía «hacer el amor» sino «follar», «porque las palabras nombran, Paulita»; y Camila me escuchaba atenta porque todavía no se había acostado con nadie y era extremadamente curiosa. También le hablaba de toda la gente interesante a la que estaba conociendo gracias a mi historia de amor, de los escritores y cantantes famosos que llegaban a Valencia y de los recitales, cenas y noches de fiesta en locales de jazz para gente mayor a los que asistía. La intentaba convencer de que viniera conmigo a Valencia cuando llegara el momento de regresar para vivir todo aquello juntas.

A veces Javier llegaba a la casa con una botella de carmenere. Era alto y robusto, y olía muy fuerte. Al contrario de la mayoría de los chilenos que había conocido, tenía la voz grave. Me gustaba que alguien tan guapo como él me mirara con aquella ternura, y adivinar su deseo, pero no lo pescaba mucho porque el Hombrecito ocupaba todo mi espacio mental. Las historias del club de aviación con las que Javier nos entretenía eran relatos maravillosos y yo lo escuchaba atenta, y las de las borracheras en las fondas de los alrededores de Santiago provocaban grandes carcajadas, reíamos harto, y a Javier se le marcaba un agujerito al lado de la boca y sus ojos eran más azules que el cielo más hermoso de la pintura más luminosa de Eugène Boudin. Bebíamos vino y cortábamos tomates, y preparábamos la receta de pasta con albahaca de su familia, y después la devorábamos en la terraza de nuestro castillo de la calle Merced, con las pinturas de Camila o las mías haciendo las veces de mantel y unos farolillos tuertos iluminando la escena. Siempre se hacía muy tarde y la mayoría de las veces Javier se quedaba a dormir en el sofá del salón. Me gustaba levantarme antes que los hermanos y preparar el cafecito, y tostar el pan, y aplastar la palta. Y que Javier me dijera que aquella era la mejor colación que había comido jamás.

Después de aquellos encuentros le hablaba al Hombrecito de Javier, le filtraba mi deseo, le enviaba fotos, y él me respondía que debía crecer en todas las direcciones que me fuera posible, que tenía que experimentar, que a la vuelta él seguiría ahí para mí, y entonces me acercaba un poco a Javier, pero me alejaba de inmediato, serpenteaba a su alrededor como una anguila, porque creía que las palabras del Hombrecito eran pura pose y pensaba que si llegaba a intimar y se enteraba, el Hombrecito podía cambiarme rápidamente por otra.

Javier no sabía qué hacer conmigo. Nos juntábamos para tomar vino, o para ir al club aéreo, y me dejaba manejar la avioneta, y yo me metía en las nubes –el Hombrecito pinta nubes, le contaba a Javier– y hacía piruetas, y le pedía que me dejara aterrizar. Javier se reía y se ocupaba de la maniobra. En las fotos que conservo de los días en el club aéreo, la alegría se me escapa de todo el cuerpo. La avioneta en medio de la pista, sobre un paisaje seco de tonos tierra con el Pacífico al fondo. La avioneta con el logo del club, con los dos patitos que se daban por el culo con la lengua fuera. En una de las fotos estoy encima de la avioneta, sentada en el morro, con el brazo izquierdo reposando sobre una de las alas. En otra imagen me abrazo a las aspas negras, y en una tercera, me cuelgo de la barra que une el ala con el cuerpo de la avioneta, y las sombras de Javier y de la cámara de fotos aparecen proyectadas en el primer plano. Las siguientes imágenes son fotografías de las nubes, y en algunas aparece el perfil de Javier y sus manos manipulando todos aquellos botoncitos y palanquitas del panel de control. Siete fotos de nubes. Dos del mar. El Pacífico es inmenso. «Observa las nubes, que despiertan tu inventiva, Paulita. Intenta pintar el estado gaseoso de las nubes.»

No me interesa pintar las nubes, «un cielo nunca llega a traducirse con verdadera gracia sobre una tela: un cielo es o bien una cosa meliflua, o una cosa muerta»,[43] Hombrecito.

Javier también me recogía en la facultad cuando era día de entrega, y me ayudaba a cargar con las pinturas, y nos íbamos a almorzar a restaurantes ricos. Y él tomaba piscolas y yo pedía un vino blanco, joven y afrutado. Después me acompañaba con su camioneta a comprar bastidores, telas, aglutinantes y colas, y me dejaba en el departamento de la calle Merced.

Me gustaba que el algodón estuviera muy terso sobre el bastidor, pasar el dedo y que pareciera la piel de un tambor. Si deslizaba varios dedos y los hacía rebotar que-

43. María Gainza, *El nervio óptico,* Anagrama, 2017.

ría que el tambor sonara, por eso me gustaba preparar las telas con cola de conejo. Compraba la cola en tablas de gelatina petrificada. La gelatina –que vuelve a su estado natural después de estar varias horas sumergida en agua– proviene de la piel del animal. El abuelo criaba conejos que la abuela despellejaba y colgaba boca abajo en la cocina. Tiraban las pieles de los conejos a la basura. Yo me maravillaba con la carne de los animales, con el brillo y las tonalidades de tierras y carmines.

Pienso ahora en ese brillo que no sabía pintar. Como la lluvia de mi primer cuadro. Como el agua en cualquiera de sus manifestaciones. ¿Se trataba de pintar cada objeto y después colocar el agua encima? ¿O se podía pintar el agua al mismo tiempo que se pintaba el objeto?

Durante un tiempo los artistas pintaban en blanco y negro y el color se aplicaba más tarde con veladuras. Veladuras encima de veladuras. Poco aguarrás, varios aceites. Nunca llegué a conseguir que no se viera el truco, la gama de grises se intuía todo el tiempo detrás de mis veladuras. «La madera más dura es la del árbol que crece más lento. Así que mientras tu árbol crece, observa su crecimiento y ve dibujándolo con buena letra, aunque todavía no estés muy segura de si va a ser acacia o palmera, ciprés o jacaranda», me decía mi Hombrecito.

Cuando las placas de cola estaban ya completamente hinchadas por el agua, las colocaba en un cazo y las removía con una cuchara de madera. Sabía que era muy importante evitar que la cola hirviera. También que tenía que utilizar la cantidad precisa porque la cola se pudre y la casa huele entonces a conejo muerto. Añadía a la mezcla blanco de titanio y carbonato de calcio. El titanio le daba el tono a la imprimación, el carbonato servía como material de carga. A veces no acertaba con las cantidades y cuando volvía a la terraza a revisar los lienzos comprobaba que el conejo había gritado como cuando la abuela le clavaba el cuchillo, y había doblado la madera de los bastidores.

Los lienzos grandes, los que tardaba horas en preparar, los que se extendían por el suelo de nuestra casa como si de una gran alfombra blanca se tratara, los usé –todos– para retratar al Hombrecito, que seguía endulzando mis oídos. «Tu voz me sonó ayer a mil delicias, a chocolate fundido, a toda esa dulzura con que te derramas sobre los demás, sobre algunos más que sobre otros, todo hay que decirlo, sobre algunos que intentamos corresponder a tu generosidad derramándonos también sobre ti, no exactamente dulce, sino un poco salado –dicen–, ¿lo has probado alguna vez?» Dibujito de línea intermitente que acaba en boca abierta de gruesos labios. «¿Qué hacer si solo pensar en ti, en el hueco de ti, en la herida luminosa que a veces me cobija me remueve "interiormente"?»

Un día Javier me ayudó a cargar con todos los retratos y los llevamos a una cafetería, después me ayudó a montar la exposición. Tengo un par de fotos con los dos llevando las telas por la calle José Victorino Lastarria, Camila aparece detrás cargada con varias botellas de León de Tarapacá.

Camila sí que sabía cómo *endulzar* nuestras vidas.

Siempre que podía, acompañaba a Camila a visitar a sus padres, y también allí coincidía con Javier.

Tomábamos vino,
comíamos asado,
bailábamos cuecas,
y nos tumbábamos al sol a dormir la mona.

Sé que
aquel invierno

me acosté
con Javier
pero
no
recuerdo
si
era
de día
o
de noche,
si estábamos
en
Santiago
o en casa de sus padres,
si fui yo quien tomó
la iniciativa
o si fue él.

Qué pena que yo sea de verdad, pensé.

SIRI HUSTVEDT

Una mañana recibí una carta mientras preparaba una marraqueta con palta y dejaba la tetera llena de agua encima del fuego. «La Loca», llamábamos a la tetera vieja que teníamos en casa, y aquella mañana, la Loca se puso a gritar al tiempo que el cartero llamaba a la puerta y me entregaba el sobre, como si la Loca fuera la más cuerda de todas las que vivíamos en aquella casa y quisiera avisarme de algo que nosotras no veíamos.

Me lavé los dientes, me puse el abrigo, me enfundé las botas y me colgué la mochila en la espalda. Regresé a la mesa y, abrigada como estaba, volví a leer la carta en voz alta. Después la plegué de nuevo y la guardé en el bolsillo del abrigo. Mi Hombrecito estaba, mientras escribía, en el epicentro del caluroso verano valenciano. En julio siempre dejaba la ciudad y se instalaba en la segunda residencia familiar, una gran casa rodeada de pinos con una piscina cavada en una de las terrazas más altas del terreno.

Mientras andaba por la Alameda pensaba en todo lo que el Hombrecito me había dicho, y me sorprendía el tiempo que me había dedicado redactando a mano, con aquella caligrafía hermosa, las cuatro páginas que ya casi me sabía de memoria. Imaginaba que lo había hecho por la mañana temprano, mientras el resto de la familia dormía. Seguro que cada vez que acababa una frase, levantaba la cabeza y observaba los pinos o daba un traguito a su café. Seguro que aquellas palabras habían sido escritas mientras sentía la agradable brisilla del verano mediterráneo. Y andando por la Alameda sentía cómo el pecho se me hinchaba, me sentía importante, un pequeño punto pelirrojo con un mar de fuegos dentro, con un fuego que se inflamaba cada vez que él me hablaba.

Mi alejamiento estaba provocando justamente lo contrario de lo que yo había planeado, porque las cartas del Hombrecito llegaban cada vez con más frecuencia y eran más próximas, más carnales, más «nosotros», pensaba yo. Al cruzar la plaza Italia me subí a una micro.

Cuando llegué a la facultad me encerré en el aula de pintura. A la hora de comer saqué de nuevo la carta y le leí fragmentos a Camila mientras ella daba sorbos a su sopa calentita de cilantro y se sonrojaba cada vez que las palabras del Hombrecito subían de tono.

Durante las vacaciones, no solo *cultivaba el intelecto,* también *cultivaba el cuerpo.* Daba largos paseos en bicicleta y grandes brazadas en la piscina. Aprovechaba también para cortar madera, limpiar la tierra de malas hierbas y hacer los arreglos que la casa necesitaba. Le gustaba mirar y escuchar su cuerpo que se endurecía y bronceaba bajo el sol del verano. Saqué la carta de la mochila con los dedos un poco amoratados. En Chile el invierno era duro. El Hombrecito hablaba en voz alta, se preguntaba qué tenían que ver él y su Niña con la escalera que había utilizado para pintar la casa, qué tenía que ver su historia con las ardillas que desde lo alto veía saltar por entre las copas de los pinos mientras realizaba la rudimentaria acción. Pensaba el Hombrecito que no tener miedo era lo que le mantenía en pie, pintando sin perder el equilibrio en lo alto de la escalera. Y yo lo imaginaba con un pantalón azul marino muy corto manchado de pintura rosa. No tener conciencia era lo que les permitía a las ardillas hacer las acrobacias por las ramas de los pinos. Y las ardillas, y los peligrosos saltos, y la inconciencia de estas, le hacían pensar que era justamente eso, el no tener conciencia de lo que estaba pasando, el no tener *al menos la conciencia clara, certidumbre precisa, lo que permitía que lo que ocurrió ocurriese. Así le ocurrió a él,* escribía, *sin poder medir ni calibrar el alcance de lo que ocurría.*

Y después recordaba la última noche que pasamos juntos en una cama a la que los dos sabíamos que íbamos a tardar en poder regresar. Faltaba mucho tiempo para poder volver a disfrutar con aquella calma, y entonces me hablaba de la importancia de la pausa, de cómo es la variación lo que hace a la repetición interesante. De lo importante del echarse de menos. Festejaba el Hombrecito en su carta *el milagro de haber coincidido conmigo en un momento dichoso.* Y aquel goce no lo sentía el Hombrecito ya como *el efímero fruto de un momento entre otros momentos, sino más bien como algo que trascendía el momento, como una huella indeleble que ya mientras ocurría estaba siendo observada y sentida desde el porvenir por él, tal vez también por mí, como una escena intemporal, llamada a perdurar grabada en nuestra memoria y que de algún modo era ya entonces memoria observada desde el otro lado del tiempo venidero. No quería decir con estos destellos de conciencia nada que yo no supiera ya, nada que de algún modo no me hubiera dicho: solamente que se atrevía a imaginar que yo era de verdad y que acaso nos encontraríamos de nuevo algún día, por entre las ramas que se pusieran a nuestro alcance, en lo alto de al-*

guna escalera, o tal vez, si había suerte, ¡incluso en alguna cama!, ¿serviría la suya?

Pero *no quería que sus desvaríos desbarataran mi cabeza, ya que me esperaban unos meses de renovación y aprendizaje, que debía apurar intensamente. Aunque le gustaría tanto verme en ese momento...*

Me enviaba un beso abismal, y me notificaba *que ella, la que no hablaba aunque lo intentara, la que crecía de alegría cuando yo estaba cerca, me echaba de menos tanto como él, o más.*

Y me decía que los dos se iban a dormir pensando en mí.

Cuando me mudé a casa de Camila tomaba el autobús cada dos días para volver a la casa antigua y revisar el correo postal. Un día recogí una carta voluminosa que venía con cuatro sellos llenos de flores cortadas dentro de un vaso con agua. Me habría encantado poder pensar en Isabel Quintanilla, pero en la Facultad de Bellas Artes solo se hablaba de Antonio López y Lucio Muñoz, así que no pude evocar el vaso de la pintora que dedicó sesenta años de su vida a registrar lo invisible. El sobre contenía un papel enrollado como un barquillo. Empecé a desplegar el papel. Una línea negra de rotulador arriba y una abajo acompañaban el movimiento e iban apareciendo una serie de números separados por guiones. El barquillo se desenrollaba y cada vez ocupaba más espacio. Los números eran una cuenta atrás, los días que faltaban para nuestro reencuentro. Cuando la imagen estuvo totalmente abierta, un falo de 65,4 × 15 cm se mantenía erecto en mis manos.

En un cuaderno del año 2002 encuentro dos papelitos amarillos que me envió el Hombrecito a Santiago de Chile. Iban dirigidos a mí, pero no tenían nada que ver conmigo, los dos post-its forman parte de un ejercicio de autocomplacencia. Hombrecito se cuenta a sí mismo que ha releído la carta que está a punto de mandar y que le ha parecido *un poco complicada.* Llega a la conclusión de que el enrevesamiento sabio se debe a la intoxicación de endorfinas que produce su cuerpo cuando hace mucho ejercicio. «Niña, que sepas que hago mucho ejercicio.» Pero como en lo fundamental no le ha disgustado, la manda, no sin prometerse antes de hacerlo que la próxima será menos grave y espesa, menos trascendente y un poco más alegre y cómica. Porque él puede ser espeso o ligero, grave o intrascendente, gracioso o firmemente sabio, él puede ser lo que desee ser, sobre todo en las cartas que envía a Chile, que son el lugar en el que construye la mejor versión que cree que existe de sí mismo. Finalmente se dice –o le dice a la Niña– que la llamará en los próximos días, que no quiere deslizarse por la pendiente de necesitar escuchar su voz –o seguir escuchándose a sí mismo– cada día.

Saco también la polla-anguila y repito el gesto que hice veinte años atrás en un autobús mientras avanzaba por la avenida Pedro de Valdivia. Desenrollo el barquillo. Vuelvo a ver las líneas y los números. El falo de 65,4 cm está de nuevo erecto en mis manos. Me pregunto cómo es posible que no viera que el que hablaba era siempre su *amiguito.* Tuve en mi propiedad todas las versiones de su polla dibujada, pintada y recortada por él mismo, y las guardaba todas, toda la representación plástica de la proyección de su carne dura, en una cajita en la mesilla de noche, junto a unas fotos que le tomé en Valencia y que también revelé en formato diapositiva, el ejemplar de *Los versos del Capitán* que me regaló antes de cruzar el océano, la libreta en la que copiaba los mails y todos los recortes de periódico que recibía en mi departamento de la calle Merced.

Paula Bonet
c/Merced, 336, 7B
Santiago de Chile
(Chile)

Vila-real, 27-11-02

Queridísima nieta Paula: tenemos muchas ganas de verte y ya no queda nada para que estés con nosotros y toda la familia esté contenta con tu regreso, que pensábamos que no se nos haría largo y cansado pero ya empezamos a sentir que nos faltas más que nunca. La abuela dice que cuando llegues te cocinará migas que sabe que tanto te gustan y que si quieres podemos hacer como aquel día que fuimos a haceros una paella a ti y tus amigas a tu piso de Valencia, podemos coger el tren y celebrar la bienvenida tuya que tanto deseamos ya sin cesar. Díselo a tu amiga tan maja Lidia y a quien tú quieras, como si quieres que vengan también tu hermana y los primos, o ese profesor tuyo tan majo y tan apuesto que siempre es tan simpático cuando lo vemos en tus exposiciones.

Nosotros por aquí bien a falta de tenerte. El domingo

pasado subimos a Sueras y fuimos con los jubilados al baile y vino el tío Juan y la tía Rosita y nos lo pasamos muy bien bailando pasodobles también hicimos caldereta con las vecinas y fuimos a ver al Cristo de la Clemencia.

Te mandamos muchos besos de tus abuelos que no te olvidan, Juanita y Alfonsín.

«Mi querida Niña: esa distancia que nos separa ahora, ese tiempo largo al que nuestros cuerpos habrán de sobrevivir sin encontrarse, esos obstáculos reales que impiden ahora nuestro abrazo... misteriosamente borran otras distancias y otros tiempos que desde que nos encontramos se han abierto entre nosotros, las distancias y los tiempos que separan una vida que comienza y otra vida que se niega a declinar. Misteriosamente siento ahora esos viejos obstáculos que tanto estupor y miedo me han causado, como marchitas aprehensiones con muy endeble consistencia. Poca cosa me parece el oleaje y las mareas oceánicas, poca cosa para desmontar el armazón de nuestro abrazo venidero y aunque sé que no debo jugar a los profetas estos días me consuelo imaginando nuevas navegaciones y agitadas noches en nuestra isla.»

El Hombrecito se quedaba dormido deslizando el cuerpo hacia abajo y sus pies tocaban los pies del colchón. Reposaba la cabeza sobre una parte ridícula de almohada y yo colocaba la mía en el mismo lugar, mi Dios de la Guerra dormía como lo haría un niño de seis años y yo lo miraba sin atreverme a tocarlo hasta caer rendida.

La voz de Silvio Rodríguez y el olor del café me avisaban de que la noche había acabado y de que estaba sola en la isla, y entonces me arrastraba adormilada y perezosa hasta la mesa de la cocina deseando que lo que acababa de suceder se volviera a repetir por lo menos una vez más. Marte bebía sonriente su mejunje de jalea real y saludaba al mundo. Yo tragaba mi píldora anticonceptiva en braguitas y saboreaba la tostada que Hombrecito había bañado en aceite de oliva virgen y azúcar moreno después de dar un trago generoso a mi café.

Del Hombrecito heredé el amor por la poesía, el uso de la paleta velazquiana (blanco, ocre amarillo, rojo inglés, azul ultramar, negro marfil), la afición al vino tinto, los desayunos de tostadas con aceite de oliva y azúcar moreno, y la obsesión por fragmentar mi obra y fragmentarme. Recuerdo mi cajita de madera llena de trocitos de carne fotografiados con los versos de «La noche en la isla» de Pablo Neruda, escritos sobre la piel que allí había encerrado. En clase le entregaba al Hombrecito mi cuerpo despedazado igual que se lo daba en su casa después de los desayunos untados en aceite: yo le confiaba los trocitos y él montaba el puzle que más le convenía, me gustaba que me construyera a su antojo. Una pierna aquí *–qué larga la pierna–*, la cabeza abajo –en la *base de la flauta–*, las manos allá *–que no queden ociosas–*, el cabello así *–si te hubiera conocido Böcklin.*

Mi cuerpo guardado primero en la cajita.
Después desparramado por el suelo del aula.
Mi cuerpo, más tarde,
con las costillas grandes,
los pechos pequeños
y el cuello largo,
ordenado
linealmente

sobre
el
cabezal
de
nuestra
isla,
y
finalmente
estirado sobre su colchón,
tranquilo,
esperando a Cupido, «que a veces ensarta a sus víctimas no con flechas, sino con otras varas más frágiles *llenas de leche caliente*. No es que quiera cargarte con el peso de las resonancias de las palabras que se trazan con la arrogante aspiración de cruzar medio mundo, ni tampoco que quiera deliberadamente trazar en torno tuyo un cerco sordo de sonidos evocados para atraparte, no, solamente es que esta noche, una noche de un lunes cualquiera, han venido a cenar unos amigos con sus esposas e hijas y en la cena hemos oído "Aserejé" y al oírlo y ver cómo bailaban las niñas te me has aparecido tú bailando "Aserejé" en la plaza de aquella ciudad andaluza. Aunque durante la cena estabas por todas partes yo no podía decírselo a nadie porque no estaba mi amigo el poeta premio Nacional, así que he venido luego aquí a este papel a escribirlo, para que cuando te llegue ya no sea un papel blanco sino uno repleto de palabras que se han trazado para alcanzarte y trazar en torno tuyo un cerco vivo de sonidos que en tu memoria evoquen mi voz y que al fin el tictac sea tactic y que al fin me necesites, como yo ahora te necesito, y por eso te escribo, inmediatamente antes de irme a dormir, contigo, claro, contigo, a mi lado, encima de mí, debajo, a los lados, contigo bailando sin tregua».

El chino se detiene.
Abraza a la niña y él también la mira. Dice:
–Estás cansada...
–No... no es eso... he envejecido. Mírame.

MARGUERITE DURAS

Una semana antes de llegar a Santiago de Chile estuve con el Hombrecito en Cádiz porque él y su amigo el poeta iban a impartir un taller de escritura en Los Barrios. Estaba convencido de que, si iba con *alguna amiguita,* aprovecharíamos el curso, y además sería una maravillosa despedida antes de mi aventura latinoamericana. Lidia y yo no podíamos viajar en el avión con ellos, así que fuimos en autobús. Nos tomamos una foto antes de llegar al puerto. Las caras muy juntas, las caras lavadas pegadas por las mejillas, el sueño y la juventud bañados por la luz dorada del sur después de haber estado viajando toda la noche. Más tarde subimos a otro autobús y en menos de dos horas llegamos, por fin, a Los Barrios.

No recuerdo el lugar en el que se impartía el curso, pero sí el hotel en el que se alojaban los ponentes y la habitación con literas y taquillas de metal en la que supuestamente dormiríamos nosotras. También el camino que unía albergue y hotel, y el calor de julio, el sol traicionero que te quema la piel a la hora de la siesta. «Cuando lleguéis no digáis nada, caminad con seguridad y cruzad el hall. Al fondo veréis la piscina. Os esperamos allí, traed bikini y toallas, bombones.»

La piedra que arrastraba se había hecho ya demasiado grande y pesaba mucho. Se me enredaban las mentiras que les contaba a mis padres, las risitas de algunas chicas en la cafetería de la facultad cuando pasaba a su lado, lo que sucedía en el despacho cuando estábamos solos, las miradas de su exmujer, que también era mi exprofesora, cuando nos cruzábamos por los pasillos de la facultad, no poder verlo cuando me apetecía sino cuando él decidía que podíamos vernos, los engaños a mis compañeras de clase, el vacío después de dejar su casa –sus pinturas, sus libros, sus sobres con letra bonita, sus membrillos encima de la mesa, el olor a trementina– por las mañanas temprano. Yo sabía que era suya, como suyas eran mi boca, mi naricita, mis piernas largas, todo mi cuerpo, y ser suya me gustaba a pesar del runrún en las tripas; y mi cuerpo, en Cádiz, quería estar todo el tiempo con el suyo. Ducharse con él, cenar en el restaurante del hotel con él, tomar vino con él, y pasar las noches con él; pero él consideró que lo más prudente era que pasáramos solamente las tardes y una noche juntos, y así lo hicimos.

No recuerdo la cama del albergue, pero sí cómo entraba la luz por las tardes y una noche y una mañana en su habitación, el peso de mi cuerpo tumbado en diagonal sobre la cama mientras él se daba una ducha. El sonido del agua, el sonido de su cuerpo ocupando un espacio que se llenaba de vapor, el olor de su cuerpo y el del vapor filtrándose por la puerta medio abierta, y el recuerdo de las bromas de la cena que compartimos la noche anterior con un colega suyo que nos miraba con desconfianza y hacía preguntas. De cómo, ya en la habitación, mi Hombrecito se había reído de lo monástico de su amigo mientras me tocaba la cara y me bajaba la camiseta. Al Hombrecito le gustaba que lo lamiera con suavidad y penetrarme cuando se le ponía bien dura y estaba a punto de correrse. También le gustaba correrse encima de mi tripa y después esparcir su semen con la mano abierta, o que yo viera cómo la corrida caía en las sábanas. Después observábamos juntos la forma de la mancha.

No recuerdo haberme corrido ni una sola vez.

Tengo los folletos del hotel de Cádiz al lado del teclado desde el que escribo. Me los envió a Santiago de Chile en uno de sus sobres de sellos con flores. Post-it amarillo: «¡Entre mail y mail estos papelitos de propina!» ¿Podemos atenderle mejor? *NO.* ¿Qué le motivó a usted a elegir nuestro hotel? «La calidad del servicio y la compañía en la piscina y habitación por las tardes y una noche.» Marque con una X en la casilla correspondiente. Amabilidad *EXCELENTE.* Eficacia *EXCELENTE.* Nivel de idiomas *EXCELENTE.* Servicio de habitaciones *EXCELENTE.* Otros servicios: Piscina *EXCELENTE.* «Qué tetitas más bonitas tiene Paulita», le dijo el poeta a mi Hombrecito una tarde que estábamos en la piscina. Yo les señalé el chorrito de agua que unía sus bañadores con el suelo mientras estaban tumbados en las hamacas. «Como sois tan mayores ya tenéis pérdidas de orina.» Y qué risas en Los Barrios, y «Venga, Niñitas, a la ducha que hoy vamos a cenar con un crítico de arte en un bar del pueblo y probaréis los flamenquines y el secreto ibérico». En la plaza del pueblo, con las tripas llenas y el mareíllo del vino, bailamos «Aserejé» y creo que incomodamos al crítico de arte porque abandonó la plaza pronto. Yo llevaba una camiseta de esas que solo tapan las tetas y unos pantalones de campana de corte muy bajo que compré en Stradivarius, y como estábamos con un premio Nacional y bastante borrachas, le pedí un autógrafo. El poeta estampó su firma en la tripita en la que después se correría su amigo.

Mi Hombrecito me dijo que su amigo poeta quería que Lidia se quedara a dormir en el hotel. Lidia se sabía todos los poemas de *Las piedras más duras.* En Valencia, cuando compartíamos habitación, leíamos en voz alta. «¿Nunca os habéis besuqueado, niñitas? Es normal, forma parte de la curiosidad de vuestra edad, muchas mujeres lo hacen, que no os avergüence. ¿Tenéis aparatitos para masturbaros?» Una noche leíamos *Seda* de Baricco, otra, *Nieve* de Fermine –qué bonito, lo del pintor ciego–, pero normalmente leíamos poemas. Lidia hizo un retrato del premio Nacional: la cara cuadrada, la mandíbula apretada, los ojillos pequeños y chispeantes, una gran nariz. El pelo era un cepillito para lavar la ropa y estaba colocado centradito encima de la cabeza generosa, y yo no entendía cómo aquel señor podía parecerle atractivo.

Desde la distancia siento como si aquellos poetas hubieran atado mi candidez a un palo, a un palo colocado muy lejos de cualquiera que me tuviera aprecio. Y que aquellos señores hubieran empezado a lanzar mierda encima de aquel yo cándido. Cagallones de burro, escupitajos, su lefa. «Tranquila, mi Niña, no te vamos a hacer daño», decían mientras deslizaban sus manos sobre mi cuerpo resbaloso. Si cerraba los ojos, la lefa, la mierda y las babas eran suaves entre sus manos y mi carne.

Facultad de Bellas Artes de Valencia,
1 de diciembre de 2002

Jajajajajjajajajjajajjajajajajjjajajajjajajajajjajajajajajajaja-jajjaajjajajajajjajajajjajaj...! QUE TIENES QUE PINTAR LA PARED DESPUÉS DE LA PRESENTACIÓN!? Jajjajajajajajajaj! Me partoooooo! Además les haces el trabajo sucio!? Tía, esa Facul es un poco chunga, ¿no? Cuando acabes vente a mi casa y me pintas la habitación... ¡Que no, que no me paso más!

¿Cómo va todo? Ya veo que un poco liada con las entregas y lo demás. Pero a ver, o te centras en pintar, o haces todo lo que quieres hacer. Yo solo te digo que en nada vuelves y que ya pintarás aquí, que tienes toda la vida pa pintar y te arrepentirás de no haber exprimido Chile, que la terraza esa mola, hasta la mierda de tener que imprimar telas debe de molar ahí, con tanto espacio, pero aquí en Valencia también se pinta guay, mira a Sorolla JUAAAAAS. Tía, en serio, que a saber si vuelves algún día a Chile otra vez, que está muy lejos, Caramelita, to el Atlántico ahí en medio. Mucha agua. Ya te digo yo que ni borracha lo cruzo. Tía, para un poco el carro, que no puede hacerse todo. Ya te digo yo que esta vez vas a tener que elegir. Vete al sur, tía, a las Torres esas del peine que decías, que deben de ser la leche. Y luego me lo cuentas. O al desierto ese de las flores. Qué cabrona.

Por aquí normalito, ni muy apretados ni muy sueltos, como siempre, que si lo llevas todo al día mejor, por eso no te preocupes porque cuando vengas te ayudaremos entre todas y en un plis plas lo tendrás todo hechito como si no te hubieras ido. Tía, ¿sabes qué? Pa cuando vuelvas tienes de recibimiento una exposición de tu queridísimo Picasso y Alberti en el IVAM que se caga la perra, pero... lo que yo te quería contar en verdad es que... ay, ahora no sé si ya te lo había contado, pero bueno, da igual, te lo vuelvo a soltar con toda mi alegría esa que tengo que me pone la cara tan guapa: que TENGO UNA SURPRAIS PA TIIIII! Vamos a ver a Lucian Freud –al sobrino, no al barbas– un finde de enero, así puedes venir, porque tu Hombrecito ha organizado una excursión para el 12 de diciembre pero tú no estás (no te querrá tanto como dice) (que síiiiiiiii, tontaina!), y nosotras hemos dicho que vamos en enero un finde así puedes venir. Es en Barcelona, así que avisa a tus padres, que nada más llegar vuelves a pirarte.

He recibido tu carta yaaaaaaa! T Q MXO!

Lidia

El 3 de diciembre recibí otro sobre con sellos con flores. Dentro, una invitación para una entrega de premios literarios y de artes plásticas a nombre del Hombrecito. Él no había sido premiado, pero «la parte por el todo, el signo por la cosa significada, aquello que está en contacto, mi Niña», y presumía de haber cenado con un largo listado de poetas y músicos.

La invitación llega a Chile intervenida con siete dibujos. En el primero, una mujer acostada con las piernas abiertas y un hombre lamiéndole la vulva. En la cabeza de ella, un corazón. En el segundo la mujer está de pie con una pierna levantada, el hombre está de rodillas lamiéndole la vulva, el corazón está en la cabeza de él. En el tercer dibujo es el hombre el que está de pie con una nube en la cabeza, ella está de rodillas –caderas anchas, pechos pequeños– y le practica una felación. En la cabeza de la mujer, un corazón. En el siguiente dibujo no hay corazones, solo un abrazo de los dos cuerpos en el que ella está más elevada. Parece que lo que la mantiene ahí es la fuerza de los brazos del hombre o un falo erecto que el espectador intuye. En el quinto dibujo ella está a cuatro patas y gira la cabeza hacia atrás, el hombre la folla por detrás, en el suelo, y entre los dos hay un charco que es una nube. En la siguiente la mujer está de pie contra la pared, con los brazos elevados y apoyados en el extremo del papel, se le notan las costillas y levanta un poco el culo, él está en el suelo, elevándose sobre sus brazos como en una flexión: su miembro está erecto y su cara desaparece en el culo de ella. El último dibujo es el más agresivo y en el que más se me reconoce: el hombre está de pie, con las piernas un poco flexionadas, coge por la cintura a la mujer, que parece que va a caer hacia atrás, y su falo la atraviesa y le sale por la espalda. En la boca de él hay un corazón también de tinta.

Tenía muchos de esos dibujos guardados en cuadernos. Otros los pegaba en las paredes de mi habitación. El Hombrecito no solo utilizaba tinta, a veces los hacía con café, vino, té. Cuando los miraba, sabía el momento exacto en el que fueron creados: un desayuno rápido antes de irnos a clase, uno largo y lento con posterior penetración, una cena en el italiano de la calle Maestro Gozalbo, una comida en el de Pedro Tercero el Grande.

Unas semanas después de nuestro primer encuentro (el espejo, la mano en la espalda, la saliva en el coño) ayudé al Hombrecito a montar una exposición de manchas de tinta en un local de jazz del centro de Valencia. «Estaban todos menos tú, como la canción de Sabina», me diría por teléfono la noche de la inauguración.

El día del montaje quedamos en casa del Hombrecito para cargar las piezas. Tenía un Ford Mondeo azul bastante viejo que le había comprado a su cuñado por cuatro duros. Me habló de la famosa crisis de los cuarenta y me contó que la mayoría de los hombres la resolvían comprando un coche nuevo. Las ventas de deportivos estaban aseguradas gracias a los que se angustiaban al ver lo que habían hecho con sus vidas. Encerrados en casas que todavía no habían acabado de pagar junto a una mujer que en su momento fue hermosa y uno o dos hijos que ocupaban mucho espacio, recordaban cada día su juventud perdida y todos los sueños que había dejado por el camino. Muchos de ellos reafirmaban su masculinidad y recuperaban la libertad comprando un coche deportivo. *Como él no tenía ese problema,* heredó por muy poco dinero el viejo Mondeo de su cuñado cuando este ya se había decidido por un Alfa Romeo Spider de color rojo.

Al llegar al centro, descargamos las piezas y fuimos a aparcar. Después las desembalamos y las ordenamos por grupos. Una vez que habíamos decidido la composición, el Hombrecito se acercó a la barra y pidió un gin tonic, después me preguntó qué quería tomar. En aquella época yo solo bebía Coca-Cola, pero no quería hacer el ridículo y pedí la bebida favorita de mi amiga Lidia, que era la que salía de fiesta los fines de semana. Malibú con piña, dije, y al Hombrecito se le escapó una carcajada y me excusó ante el camarero.

Mientras me bebía el Malibú, el Hombrecito me dijo que ya lo arreglaríamos, que si tanto me gustaba lo dulce empezaríamos con los vinos blancos y afrutados. Una compañera de clase que andaba por el centro entró por casualidad en el local de jazz. Nell tenía más de cincuenta años y solo asistió a clase durante un cuatrimestre, yo no la conocía pero después de una clase teórica y de que el Hombrecito dijera que aquel ejercicio se tenía que trabajar en parejas, Nell se me acercó y me habló de Baubo y de Deméter, y un mes más tarde presentábamos en clase una caja de madera de 100 × 70 que construyó mi abuelo, en la que una pintura mía y una foto de Nell impresa en acetato y colocada a unos centímetros de mi pieza narraban a Baubo y defendían la necesidad de romper con el discurso único. Nell preparó un folio con apuntes para defender la obra en clase.

- Fue en la Mitología donde primeramente se realizó la revolución patriarcal: Atenea nace de la cabeza de Zeus. Esto implica que el poder de crear se transfiere del vientre a la cabeza.
- Baubo acaba de un gesto con el sentido de este mito. Devuelve al cuerpo su poder mediante la catarsis que produce la carcajada de Deméter.
- La catarsis decodificadora del mito puede realizarse a través de la representación seductora. La representación se presenta como estrategia política: creadora de nuevas percepciones, mitos y ritos que respalden al mundo de la lógica y la razón común.
- La lengua sirve para mentir: así dicta su ley y funda el dominio, establece la realidad necesariamente falsa. Pero esa es la lengua sumisa y manejada por voluntades y conciencias: la común y libre (y subconsciente): habla por uno sin que él sepa lo que hace cuando habla, lo que hace es descubrir la falsedad de su creación... Es en esa lengua en la que Eva conversa con la serpiente:
- Eva mordió y probó, y fiel a lo que SENTÍA dijo sencillamente «Es bueno». Bueno para comer, hermoso de ver, deseable para ganar sabiduría.
- Saber y sabor confundidos. Esta es, también, la lengua en la que Baubo habló a Deméter provocando su sanación a través de la risa.
- Quedarnos con la risa de Deméter en lugar de con la violación de Magritte (representación Patriarcal).

Nell me tomó la foto en el minúsculo lavabo de color rosa del piso de estudiantes. Me pedía que la carcajada no fuera exagerada, porque las distancias entre los elementos de la cara –ojos-nariz-boca– condicionarían la pintura –pechos-ombligo-coño–. Yo odiaba mi cara pero Nell decía que el rostro de la pieza tenía que ser el mío, y en aquel lavabo de color rosa en el que tantas mañanas me reventé granos de pus, me habló de la belleza de la juventud. Me dijo que aprovechara el tiempo. Que en un abrir y cerrar de ojos tendría cincuenta años. Que fuera como Deméter y me permitiera la carcajada, que dejara a mi coño hablar con la sabiduría con la que hablaban los labios de Baubo. Que me entregara al mundo sabiéndome dueña de él y de mi carne. Que yo solo era mía. Presentamos el trabajo –el coño pintado visto a través de la boca, los pechos, a través de los ojos– y Nell desapareció de mi vida.

Colgué la pieza en la habitación del piso de estudiantes al lado del retrato en blanco y negro de mi Hombrecito adolescente, la reproducción de la *Riña de gatos* y las aguadas de café y de vino de nuestros desayunos.

Guardo también la invitación para la entrega de premios literarios y de artes plásticas a nombre del Hombrecito llena de falos-espada. «Querida Niña: acepta estos dibujos destilados de mis momentos de soledad como anticipo de lo que te espera cuando vuelvas por aquí. Como ves, a veces Cupido no ensarta a sus víctimas solo con flechas, sino con otras armas menos hirientes y más frágiles. Mil besos míos y de mi pequeño amigo.»

Facultad de Bellas Artes de Valencia,
8 de diciembre 2002

Hola, mai lof, mi pequeña lucecita del alma..., he recibido tu postal desde las Torres del Paine, serás puta! Menudas vacaciones te estás pegando, tía, qué guay, ya nos contarás todo cuando llegues, y nosotras te pondremos al día de todo lo que ha pasado en nuestro pequeño, acogedor y maravilloso país. Por ahora te hago un adelanto de noticias: estamos teniendo muchos problemas con la profe de proyectos. La señora no para de repetir que estamos en el siglo XXI, y que tenemos que buscar «otra manera de decir». Estamos un poco depres porque solo nos dice lo que hacemos mal, nos lo dice de buen rollo (a mí me cae superbién) pero te la suelta. Nos hace trabajar y eso me flipa, pero prefiero que nos diga las cosas antes. De todos modos yo creo que tiene razón en casi todo lo que dice (por no decir EN TODO), a mí me está ayudando mogollón, en serio. Te voy a contar mi experiencia con ella: el lunes me puse a pintar sin enseñarle el boceto. Cuando tengo todo el cuadro manchado y superbienencajado me dice que estaba fatal, estuvo un cuarto de hora argumentando todos los errores y TENÍA RAZÓN (eso es lo que más rabia me da, que te dice todo lo que está mal y tiene toda la razón del mundo, o que yo soy muy fácil de convencer, no sé) y me dice: «Tú haz lo que quieras, pero yo no lo seguiría.» ¡Así ¿cómo voy a seguirlo?! Y después me dice que el próximo día de clase, o sea hoy, que venga con una foto entera (no como con un fragmento de los míos, que ya sabes que me encanta pintar trocitos de Alejandro Sanz) y que juegue con ella todo el rato. Y eso he hecho. Luego me ha dicho que mucho mejor ahora y me he puesto a pintar. A ver qué sale. Que el otro día vino cuando ya casi tenía acabado otro cuadro y me dijo «¿Esto qué es?» y yo le dije «pues mi pintura» y ella dijo «¿Un farol, una calle y una ventana con un geranio son una pintura? Un farol es un farol, y una ventana, una ventana. Eso que has hecho no es pintar», y vuelve otra vez con lo del siglo XXI y con que pintar es otra cosa, que si quiero seguir con los geranios que me busque una fachada de esas blancas llena de macetas, que qué bien me lo pasaré «pintando geranios». Que aquí hemos venido a pensar. Pues vale. A ver qué consigo ahora con lo de la foto.

«Querida Niña, no teorices, no pienses, deja que tu mano fluya y también tu espíritu. Tu obra ha de defenderse sola, no con argumentos. Deja de convertir todo en conceptos, no cites a Wittgenstein ni a Foucault ni a Butler, no seas pedante, solo pinta. Los conceptos no los necesitas, no te servirán. Solo te sirve ir haciendo, haz, pinta, desbórdate en el lienzo, haz caso omiso a aquellos que te piden que conviertas todo en concepto. Para más tarde, cuando la obra ya exista. Entiéndela entonces y explícanosla bien.»

Quiero recordarte también que el primer jueves después de tu llegada ya hay cenita y no valen excusas, ni

Hombrecitos, ni que tengo la regla, ni na de na, que queremos recuperar los viejos tiempos.

Muchos besos, te quiero mucho, y tengo ganas de verte ya! Mua, mua, mua, mua, mua, mua, mua, mua y mil veces mua!

Lidia

¿Lees al maestro Neruda?
Aprende mucho,
hazte mayor,
pero no mucho.

Las frases «Hay que dar pareja a las cosas» y «Todo debe ser demasiado» están escritas en grandes letras en las paredes del Taller 99. Cuando llegué a Chile en 2002, la suerte me llevó al taller de grabado que fundó, entre otras, Delia del Carril, la segunda mujer que se casó con Pablo Neruda. «Emprender el combate como si el combate sirviera», repite la pintora Roser Bru a sus casi cien años. En la boca de Bru, Del Carril y Yourcenar siguen vivas. Emprendámoslo, pienso veinte años más tarde.

Verano de 2018. Conversación con Roser Bru en el Taller 99: Las ideas me vienen como un relámpago, con urgencia. Entonces ataco directamente la superficie. El dibujo me fundamenta. Emprendo la acción y el color general. A veces, el trabajo se apodera de la idea y hay que escucharlo, da voces. Soy refugiada de la guerra. Llegué a Valparaíso en un barquito con más de dos mil doscientas personas. Muchas venían de los campos de concentración. Venían también el pintor Balmes y Leopoldo Castedo. Yo era muy joven y me tocó encargarme de cuidar a los niños. Un niño murió. Tuvimos que lanzarlo por la borda. Cuando llegamos a Valparaíso nos vacunaron y después nos llevaron a la estación Mapocho. No sabíamos nada de Chile y entramos en Valparaíso muy de noche para no pagar tanto. Empecé a dibujar muy joven. Las manos son uno de mis temas. También la muerte. «Enterramos hoy a nuestro pobre-pobre. Pobre-pobre. Y ahora muerto, bien muerto, nuestro pobre.» Lavar a un niño. Y bañarlo. La muerte y la vida y la maternidad son temas que me interesan. La muerte en los retratos funerarios egipcios. Y la memoria. Recuerdo cómo se estiraban las sábanas cuando era pequeña subíamos al tejado, las bajábamos, y con la madre las estirábamos y doblábamos. Las imágenes de este grabado son mujeres catalanas, *fent safareig,* el momento en que las mujeres tenían más tiempo para poder hablar entre ellas. «Lavaba, fregaba, sacudía, y sus manos brillaban en la espuma.» Ay sí, el único libro que tenía y que traje a Chile era de los impresionistas. Era chiquitito, así nomás. Una, imagínate, llegaba con lo que tenía nomás, con lo mínimo. Cada elección tenía un significado. Cada objeto tenía un valor fuerte para mí. Solo traje aquel libro chico porque lo que me gustaba era la pintura. La mujer ha de aguantar al hombre, pero también ha de aguantar a la mujer.

Morir es cierto. Vivir también. Todo es cierto y todo se acaba. Nunca recordaremos haber muerto, decía Neruda. Yo digo que estoy en la pre-muerte. La memoria está en un momento en que a veces se duerme. Hay momentos que no pueden olvidarse, como un bombardeo, que es la muerte y es la vida. Para morir hay que vivir. Yo estoy en la pre-muerte. Mientras se me ocurren cosas estoy viva. Estoy bien. Esto es una aguatinta. El blanco y el negro. Y la cabeza. Es una plancha que está muy mordida, es casi un gofrado. Este también, ¿ves? «Emprender el combate como si el combate sirviera.» ¿Sí? ¿El taller habla? ¿Ves? –ríe–. La lucha de la que hablo es –calla–. Hay que estar atento a las cosas, a lo que sucede. De todo se puede aprender.

Conservo tres fotos de cuando me dirigía a visitar la Chascona en Bellavista. En las tres, el Mapocho corre bravo, lleno de basura. Hace veinte años el río era marrón. Dicen que hasta arrastraba cadáveres. En la primera foto mi amiga Camila sostiene un paraguas y ríe. En la segunda, poso tímida delante del río, sobre el puente que nos llevó de la casa de Camila a la casa que Neruda tenía en Bellavista. Al fondo, la cordillera de los Andes pintada de blanco. La cordillera nevada afecta al estado de ánimo, afecta también a las pinturas, a la imprimación de las telas, durante el invierno la cordillera es una nevera que condiciona la vida de los que viven a sus pies. En la tercera foto vuelve a aparecer Camila, con los brazos levantados, mirando al cielo gris, abrazando al río que iba hacia nosotras cargado de mierda. No lo sabíamos aún, pero el Hombrecito cruzaría el Atlántico y buscaría a mi amiga cuando yo hubiera vuelto a Europa.

Consiguió el Hombrecito que lo invitaran de la Universidad Católica de Chile para impartir un par de charlas, y se instaló durante varias semanas en mi refugio latinoamericano. Recorrió las calles que yo había recorrido unos meses antes, visitó mi universidad, comió mis helados favoritos, paseó por el Persa Bio Bio, bebió carmeneres deliciosos, fue al Bellas Artes y quedó con mi amiga Camila. Visitó nuestro apartamento, y el de su madre –«Qué guapa la madre», conoció a su hermano pequeño, y se hizo fotos con ella–. Proyectaban sus sombras –que se entrelazaban sobre suelos y paredes– como las proyectamos nosotras cuando visitamos Valparaíso, o como en los dibujos que el Hombrecito me mandaba cuando estaba en Chile. *Bestias octópodas,* las llamábamos: una mancha de acuarela o de café transformada en una masa en la que se distinguían dos cuerpos con sus cuatro brazos y sus cuatro piernas.

Cuando regresó, al acabar la clase de doctorado, me pidió que me quedara un momento en el aula. Dejó encendido el proyector y vimos las fotos de los días que pasó en Santiago con Camila. *Y que qué guapa era Camila, y su madre, y su hermanito, que qué buenos genes. Que miraba los ojos de Camila, y sus cejas, y le parecía verse reflejado en ellos, los dos tan morenos y tan blancos. Y que qué bonito el Parque Forestal, y Bellavista, y que qué buen gusto Neruda, con todas aquellas colecciones de botellas transparentes delante de las ventanas.*

Consiguió el Hombrecito que una universidad del sur le invitara a dar un taller y pudo fundirse con la nieve. Pintó pequeños paisajes sobre tablillas de madera. *Allí todo era blanco, todo era silencio, y soledad, y vacío,* y en los horizontes de sus pinturas había *heridas luminosas.*

Supe más tarde de sus relaciones íntimas con Camila. Al Hombrecito le gustaba que volviéramos a los restaurantes que habíamos frecuentado cuando estuvimos juntos, decía que le divertía ver la perplejidad en las caras de las camareras, que no podían adivinar qué relación debíamos de tener. Al final de la noche me acompañó a casa, entramos en el portal y me dio un largo beso. Cuando estábamos a punto de subir las escaleras me dijo que *se alegraba mucho de que Camila llegara al día siguiente, que iríamos a la playa a tumbarnos en la arena y a su casa de la sierra, que nos cocinaría un arroz y que beberíamos mucho vino.* Que hacía meses que querría haberme contado una cosa, pero que *yo no era tontita y ya podía adivinar a qué se estaba refiriendo.*

El 15 de diciembre de 2002 recibo en mi apartamento de la calle Merced un sobre de Lidia. Es blandito y muy grueso, pintado con corazoncitos de colores. Lo abro y está lleno de servilletas de papel que complican la lectura. Me dice que ella y los demás han leído en el bar de la facultad la carta que les envié, y que les ha hecho mucha gracia lo de la Polla Chilena de Beneficencia y lo de los vibradores, que mi carta ha originado todo tipo de comentarios, que escribes en morse y nadie entiende tu letra, que cada día estás más loca, que qué fotos más monas, y –la más importante– que qué alegría tener noticias tuyas!

Me explica con todo lujo de detalle la última cena de clase. Que estuvieron esperando a nosequién y nunca llegó, que el otro se perdió en mitad de la noche, que subieron a un taxi con un conductor que no callaba y deseaba a la mujer del prójimo, que intercambiaron prendas de ropa. Me habló de los chupitos que bebieron porque llevaban no sé cuánto rato en una barra y nadie los reclamaba, y que llamaron por teléfono a una amiga lejana, que ligaron con abuelos y que, ups, eso no hace falta estar de cena para hacerlo, y que ja, ja, ja.

Ah! Que no se me olvide! Ayer fui a tu piso (ooooohhhh!) y estuve con Patri y con Esther (ooooohhhhh!) y tomé café (ooohhhh!!!) con las tacitas de imitación de Snoopy (ooohhh!!!) y me senté en el gran sofá cubierto con una maravillosa tela (ooooohhh!) y recogí mis serigrafías (aaahhggs!) (Qué asco me da el de serigrafía de los cojones, tía.) Por cierto, adivina quién me ha preguntado por ti hoy (...) NO, (...) NO, (...) NO, (...) NO, (...) NO, (...) NO, (...) QUE NO! PIENSA! (...) TAMPOCO, (...) NO, EL HOMBRECITO NO (oooohhhhhh!!)... ¿No lo sabes? ¡EL DE XILOGRAFÍA! QUÉ MAJO ES!

Por cierto, hablando de Hombrecitos, mira qué encontré en una revista. A mí me hizo mucha gracia, espero que a ti también te haga, aunque algunas cosas son un poco exageradas. Otras son casi el vivo testimonio de lo que tú nos cuentas. Lea atentamente las instrucciones de uso, en caso de duda, ¡NUNCA CONSULTE CON SU PROFESOR!

VENTAJAS DE CONQUISTAR AL HOMBRE MADURO

• Aportan seguridad emocional porque no buscan la conquista de una noche.

• Ofrecen estabilidad económica. Su posición suele ser mejor que la nuestra.

• Tienen experiencia con las mujeres y saben cómo tratarnos. Nos encanta que nos mimen y que sean corteses.

• Pueden conversar sobre lo que nos interesa y pasarse horas dándole vueltas al mismo asunto, hasta que lo analizan por completo, igual que nosotras.

• Su visión del mundo es más amplia y se muestran seguros ante determinadas situaciones, nos fascina.

• Muestran mayor actividad sexual y quieren tener nuevas experiencias, así que nuestra vida sexual mejora.

• No sienten temor a mostrar su lado sensible, y nos encanta protegerlos en esos momentos.

INCONVENIENTES DE LA DIFERENCIA DE EDAD

• Suelen ser relaciones transitorias. La media ronda los cinco años.

• La desigualdad. Una posición de superioridad en otro entorno se traslada a la relación (jefe/subordinada, profesor/alumna).

• Incompatibilidad de círculos sociales. Nuestros amigos le aburren... y a nosotras los suyos.

• Intereses diferentes. Al principio, puede parecer un intercambio, pero la realidad sale (libros, discos, destinos de vacaciones...).

• Él ya ha vivido antes lo que para ti son nuevas experiencias.

• Decaimiento sexual. A pesar del primer entusiasmo, el cuerpo tiene límites, y el suyo también.

• La admiración que sientes por él puede anular otras facetas tuyas.

Te he subrayado aquellas en las que te reconozco.

La penúltima es muy importante, ¡arriba la piel tersa y abajo las arrugas y lo morao! Amapolita, que me quedo sin papel, he de decirte adiós.

No sin antes desearte que te vaya bonito y que disfrutes de lo que te queda, que ya es muy poco, y prepara el orden en que nos vas a ver cuando vuelvas:

A) PAPÁS-AMIGOS-HOMBRECITO
B) PAPÁS-HOMBRECITO-AMIGOS
C) AMIGOS-PAPÁS-HOMBRECITO
D) AMIGOS-HOMBRECITO-PAPÁS

E) HOMBRECITO-AMIGOS-PAPÁS
F) HOMBRECITO-PAPÁS-AMIGOS

Mejores opciones, por supuesto, la C o la D, para ti seguro la E o la F, pero harás la A o la B.

Un besito y un abrazo.

Te quiero mucho. Ale ya.

Lidia.

Opción A.

El Hombrecito me dijo que era muy importante *engrosar todavía más el deseo que habíamos estado alimentando mientras yo estaba fuera,* así que el día que estuviera de vuelta en la facultad teníamos que *evitar a toda costa el contacto,* porque lo mejor era *vernos por la noche, sin ruido alrededor, en un restaurante que estuviera ni muy cerca ni muy lejos de su casa, para seguir haciendo malabares con el deseo durante la cena, y para bajar la comida en un agradable paseo de camino a casa, que follar con la tripa llena no es placentero.*

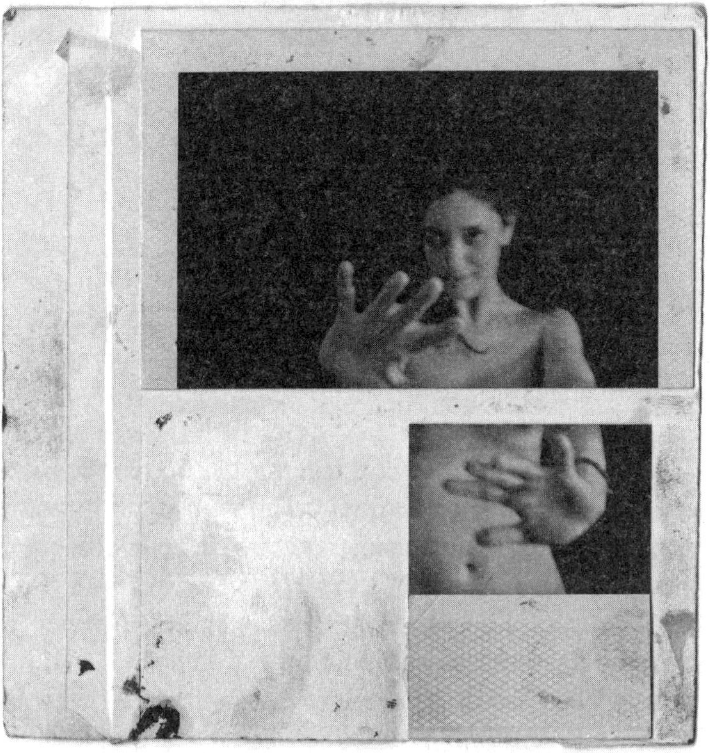

La mesa era muy larga y una vez al año reunía a más de veinte personas a la sombra de un gran toldo: profesores y profesoras de universidad, poetas reconocidos, algún pintor, esposas e hijos.

Yo empecé a ir cuando dejé de ser la Niña pero ya conocía el paraje, había estado allí un par de noches. Fuimos a que el Hombrecito *se derrumbara, consternado, ante mi cavidad incandescente,* metidos en la cabaña que le había construido a su hijo el verano anterior. Follamos en las alturas. Estaba muy oscuro y mientras él se balanceaba dentro de mí sentía cómo la madera crujía bajo mis rodillas y mis manos.

No era fácil llegar a la casa, pero la idea de volver hizo que me aprendiera el camino de memoria. Primero tenías que tomar la carretera nacional dirección Barcelona, después un desvío, cruzar la vía del tren, atravesar varios pueblos y recorrer un camino de tierra empinado. La casa estaba situada al final de aquel camino, casi formaba parte de la sierra, y unos pinos gigantes la cobijaban.

Cuando dejé de ser la Niña seguí manteniendo amistad con el Hombrecito, de vez en cuando hasta follábamos, y me mantenía al corriente de sus conquistas. Yo le contaba las mías. Una vez le expliqué que me acababa de enrollar con un pintor que había sido su alumno y que el alumno en cuestión no solo pintaba como él pintaba, ni hablaba lento también como él, aquel alumno suyo también follaba como follaba él. Le contaba detalles íntimos, como que al pintor le gustaba untarse la polla con aceite de palma, o que tenía una fuerza desmesurada porque era capaz de mantenerme apoyada en su ingle solamente con los brazos, durante mucho tiempo, mientras me penetraba. A mi Hombrecito le emocionó saber que su *función pedagógica fuera tan lejos.* Y le hizo una gracia tremenda lo del aceite de palma, y lo contaba muchas noches, cuando nos reuníamos con los poetas, después de un par de copas. A partir de entonces empezó a contar conmigo para este tipo de celebraciones.

Una mañana de agosto salí con mi perra de casa, tomamos la carretera nacional, el desvío, el camino de tierra, y llegamos al banquete. Mi perra era una cachorra giganta que corría por el recinto, hacía agujeros, arrancaba rocas, brincaba feliz. Y el Hombrecito y sus amigos la miraban y reflexionaban sobre el paso del tiempo y la energía de la juventud. Comimos, reímos, bebimos vino, leímos poemas con los visitantes ilustres. «Antes de que se me haga demasiado tarde, / y por si llega la gran Tarde de Domingo / en que no haya mujeres, o muy pocas, / o apenas una que otra, en este mundo, y sean / todas las mujeres ya sencillamente hombres / o poco más, deseo en verso liso y llano / contar que una que he sentido varios años / andar revoloteando en torno de mis ojos, / y cerca de mi mano, en ronda más constante / que nunca caracol a rueda de su amada / o en torno de un sol muerto cristalina luna; / de manera que era ella tan de sobra cierta / y evidente, que tan solo lentamente al cabo / habré aprendido a verla, ahora que en las tinieblas / se me borra la mirada; pero todavía / nos queda voz para cantar lo que no vimos / y por eso cuento las venturas de Bebela.»[44] Los hombres, que eran los que tenían durante más tiempo la palabra en la boca, comentaban todo lo seriamente que podían las palabras del maestro Agustín García Calvo, y reían como adolescentes cuando Joaquín Sabina cantaba aquello de que él nunca se había enamorado, que él siempre fue camarero. Y una carcajada, que la canción dice «Annie Hall», no «aguijón», y el que había sido mi Hombrecito ponía una mano como una cueva para introducir repetidas veces el anular de la otra mano en el agujerito. Pim pam pim pam. Ñiqui ñiqui ñiqui. Y todos riendo. Y seguía corriendo el vino, y entrábamos en la piscina, y salíamos, y volvíamos a la mesa, y comíamos dulces y tomábamos mistela. Y cuando estábamos ya todos desperdigados por sofás y hamacas, medio adormilados debido al alcohol y a las panzas llenas, escuchamos unas risitas felices. «Pero bueno, ¡qué sorpresa! ¿Qué hacéis vosotras por aquí?» «Pues estábamos cerca y hemos pensado en pasar a saludar por si había alguien.» Y la mayoría de los señores que estaban celebrando el espejismo de no enfrentarse a su ridícula decadencia, se entregaban a la fiesta de la carne, que debía de hacerles sentir más lejos su senilidad.

La fiesta de la carne consistía en subir con el grupo de alumnas a la piscina. El resto de las mujeres recogíamos la mesa y fregábamos los platos mientras la noche caía al son de las risas no decrépitas ni seniles de las alumnas, que no sabían si reírse era celebrar alguna machirulada o lamentar el estado del mundo.

44. Agustín García Calvo, *Bebela,* Lucina, 1987.

Como no subí a la piscina pasé inmediatamente a formar parte de la masa silenciosa que cerraba bolsas de basura y barría el suelo de la cocina. Entendí, entonces, quién había sido yo para aquellas mujeres. Y me acerqué a la que más incómoda me había hecho sentir y le pedí disculpas. Las pedí así en general, con un vacío en la tripa, sin encontrar las palabras correctas, que yo también había estado todo el día bebiendo. Hablar con aquella mujer me tranquilizó y su mirada me hizo hacer las paces con una parte de mí que empezaba a desaparecer, saber que yo también pertenecía a su género, una desgraciada.

Cayó la noche y cayeron algunos poetas repletos de vino, y sus esposas los subieron a los coches y los llevaron a casa.

Al cabo de un rato las risas también se esfumaron.

Mi perra y yo nos quedamos a dormir en la habitación de invitados y nos marchamos por la mañana temprano.

Durante muchos días viví aturdida por la felicidad. Me habías marcado para siempre. Aunque la repudiaras, seguías poseyendo mi carne humillada, acariciándola con tus manos ausentes, modificándola.

MARÍA LUISA BOMBAL

A medida que pasaba el tiempo, los mails de mi ex-Hombrecito eran cada vez más escasos y dejé de imprimirlos, archivarlos y releerlos. Ya no incluían fotos, ni dibujitos, ni poemas. Aun así, intentaba mantener con él un diálogo a riesgo de parecer pesada. Le invitaba a mis fiestas y a las de mis amigas, y me sentía importante cuando él me invitaba a las suyas, porque volvía al lugar en el que había sido feliz, y me rodeaba de nuevo de profesores y profesoras y pintores y pintoras y algún que otro poeta. Bebíamos mucho vino, alargábamos las noches, y al día siguiente les mandaba mails a los poetas, que me respondían con beRsos en lugar de besos y a mí aquello me parecía de una intelectualidad y una contundencia extrema. Conseguí que el que era premio Nacional me regalara una lista de aforismos para mi nueva exposición. Convoqué a mis amigas y les pedí que posaran con la expresión del que quiere gritar muchas cosas pero ha de tragárselas. Apretaban la boca, ponían los ojos en blanco, se mordían la lengua. Yo preparaba telas, cortaba papeles, y abocetaba muecas. Le mandaba por mail a mi ex-Hombrecito las imágenes que iba armando junto a los aforismos que su amigo había escrito aunque mi casa estuviera a un par de manzanas de la suya.

La ubicación de mi casa fue también una consecuencia de aquella *dulce y tierna historia de amor,* una historia que, ahora sí, lamento que no acabara como acaba la de la canción: con una madre cabreada, una cara partida y un expediente abierto. Mi profesor de retórica la entendía de manera literal, y asentía sonriente y juguetón cada vez que Serrano cantaba aquello de que el comité disciplinario del partido, movido por la envidia, había iniciado una investigación interna y había decidido abrir un expediente al político pedófilo. Lo de la envidia era lo que más gracia le hacía. Y me abrazaba, y me llamaba Mi Niña, y nos tumbábamos en nuestra isla, y yo era feliz, y no había en Valencia dos amantes como nosotros.

Recuerdo los primeros paseos que dimos juntos por el barrio, el tono amarillento de las farolas sobre las fachadas cuando empezaba a anochecer, las noches húmedas de verano en las terrazas, la fortuna que sentía cuando aprendía a conocer los vinos a partir del reflejo de los diferentes tonos de rojo sobre los manteles blancos. «Si el rojo es puro o vira a violeta, el vino es joven, en cambio, cuando se acerca al dorado, cuando el rojo se asemeja más a un siena que a un cadmio, el vino es viejo, mi Niña.»

Pude pagar la entrada de mi piso gracias a la idea de operarme las tetas. Trabajé en una exposición que, si gustaba y se vendía, me resolvería el percal, pero cuando tuve el dinero en las manos pensé que era mejor utilizarlo para otra cosa, quizás para quedarme en Valencia. Si permanecía cerca del Hombrecito podría tenerlo de vez en cuando. Nos cruzaríamos por la calle o coincidiríamos en algún bar y, si había suerte y no estaba acompañado, acabaría tumbada en su cama. Mi cuerpo fragmentado ya no estaría en su cabezal y la cama ya no sería una isla, pero el frasco de cristal con la arena de Isla Negra seguiría en la estantería, y yo lo miraría y volvería a los tiempos felices.

El día que me dieron las llaves de mi casa lo llamé por teléfono. Me dijo que lo pillaba en un mal momento, pero que claro que pasaría otro día, y me acerqué a su casa y me regaló un pequeño colchón de cama de niña que paseé por el barrio y coloqué en medio de mi nuevo salón.

Sentada en el suelo de una casa vacía, pensé que lo más importante era tener una cama bien grande primero, y conseguir un lugar para colocar mis libros después. Medí la pared, hice un dibujo, y en pocos días mi padre y mi abuelo vinieron a montar una librería de tres metros de alto por uno de ancho que habían fabricado con unos palets que tenían en el almacén y que tiñeron con nogalina. Empecé a construir un sucedáneo de la casa del Hombrecito: una pared naranja, muchos libros Tusquets y Visor de poesía, cedés de Silvio Rodríguez y Joaquín Sabina, bastidores apoyados en el suelo, pinturas con frutas encima de la nevera, revistas de arte en el baño, un sillón de lectura encarado al sol, un póster de *El dios Marte* de Velázquez cerca de la cama, y cortinas amarillas para que mi luz también fuera dorada.

Transformé el salón en taller de pintura y empecé a trabajar en serio en *Morderse la lengua*. «Produces demasiado, te precipitas. Muchas veces veo que quieres ir demasiado rápido. Ya sabes que el óleo es incompatible con la impaciencia. Ya sé que me repito, pero todos lo hacemos, sobre todo los papis. Por cierto, enhorabuena por tu compañero literario. También por el otro afortunado, a ver si esta vez cuaja. Nos vemos en tu expo. Beso.» Le respondí que tenía toda la razón del mundo con lo de mi impaciencia, pero que el día anterior había pintado un cuadro que pensaba que era bueno, uno pequeñito. Que los aforismos del poeta amigo suyo eran una puta maravilla y que mi nuevo novio tenía pinta de ser extraordinario, tenía una canción en la que hablaba de abrazar a un árbol y teníamos que quedar pronto porque le había grabado un cedé que seguro que le iba a encantar, y además todavía tenía que ver mi casa. Le dije que tampoco se equivocaba en lo de la rapidez, pero que me costaba estar mucho tiempo con un cuadro, porque lo acababa resobando y parecía el cuadro de una –usé la palabra– maruja. Un emoticono sonriente y la conclusión: «Que sepas que además del gusto por la poesía y el vino, también heredé de ti las ganas de ser paciente. Beso fuerte-fortísimo.» «Venga, besos y a pintar. Fresco y rápido como tú sabes, pero no te precipites ni te atolondres. Más besos, H.» Gracias, Hombrecito. Una cosa, ¿puedo usar esmaltes con el óleo? «Puedes usar esmalte siempre y cuando el óleo esté seco, si no, el esmalte puede arrugarse porque el óleo seca más lentamente. ¿Qué más quiere saber la niñita que venía a clase siempre sonriendo? Ah, por cierto, ¿cuándo era la expo? Me dijo una amiga tuya que no recuerdo cómo se llama pero que es guapa y morena, y no es alemana, que había cambiado la fecha, dime la nueva o me escaquearé. Beso superfuerte, Muuua. H.» Pues debe de ser Heitzell, es salvadoreña. Sí, es muy guapa. Al final inauguramos el viernes siguiente. Porfa, no falles. Te mando un dibujito. «Muy bonito el dibujito. MUACA MUACA. Por cierto, he escuchado el disco que me pasaste y lo voy a usar en mis clases, como ejemplo de pop facilón, banal, producto de entretenimiento tontorrón, cultureta basura, en suma. Pero no he podido evitar reírme, he ahí la contradicción, de la que me avergüenzo. Besos again. H.»

La palabra «vagina» es en sí misma un insulto. El término en latín significa «vaina», esto es, la funda de la espada.

GERMAINE GREER

Es un disparate que nuestras hijas tengan más miedo de un pene que nuestros hijos de un cuchillo o una pistola, afirma Germaine Greer en el ensayo *Sobre la violación.* Claro, hay más penes que pistolas en este mundo, y los propietarios de los penes los usan con más frecuencia que los de las pistolas. Además, los penes –algunos– *extirpan la inocencia de nuestras hijas como piel que nace,* y eso ellas ya lo saben, por eso los temen. Los propietarios –algunos– de los penes *quieren la sangre tierna que inunda los cuerpos de ellas.* Pero –algunos, siempre algunos– no la quieren en un ejercicio de amor romántico, o de promesa de fidelidad, o de creación de brigada noble y afectiva, no. La quieren –algunos– para satisfacer sus *ansias varoniles,* para acrecentar su ego, para perpetuarse ellos mismos como depredadores –y qué masculina y qué bien suena la palabra en su boca, redonda, la palabra depredador en su boca después de un traguito de vino–, para *olvidarse de la decrepitud a la que sus cuerpos no inmarcesibles empiezan a entregarse* sin tener en cuenta lo que los cuerpos exultantes de vida de ellas desean.

Algunos piensan que, lamiendo las *heridas luminosas*

de las jovencitas, mamando de todos los orígenes del mundo posibles de mamar, alimentándose de toda la carne cruda que pueda presentárseles bien fresca, también su carne con suministro sanguíneo deficiente, su carne colgante con piel seca y arrugada, rejuvenecerá.

Celebramos el éxito de convocatoria de *Morderse la lengua* en casa de mi amiga Lidia, y tuvimos el honor de que el Hombrecito y sus amigos quisieran acompañarnos. Cuando nos quedamos sin alcohol, decidimos bajar al Excuse-me, un garito en el que perdíamos chaquetas y bolsos y también la vergüenza, el típico lugar en el que nos dejábamos llevar y caíamos redondas en el suelo, donde bailábamos y gritábamos como locas eso de fuerteeeeee, me entran ganas de cogerteeeeeee, y darte lo que te mereceeeeees, eeeeso yyyyy más, fuerteeeee, me entran ganas de cogerteeeee, y darte lo que te mereceeeees, darte tooooodo y más.[45] Y reíamos, y una desaparecía, y después la otra, pero ya nos lo explicarían mañana. Las que quedábamos íbamos directas al mercado de Ruzafa a meternos un bocadillo calentito de queso y pimiento a la plancha con longaniza entre pecho y espalda, y la última cervecita, que ya era de día. Después volvíamos como podíamos a casa y ya nos reencontraríamos por la tarde, con nuestras gafas de sol y los labios pintados de rojo, en alguna terraza del barrio para tomar unas cañas e intentar ordenar los acontecimientos de la noche anterior.

Como había inaugurado una exposición, me había puesto de punta en blanco. Recuerdo sobre todo los zapatos, que eran negros y tenían un gran tacón. En la galería estuve luchando contra el dolor de pies y en casa de Lidia los estampé contra una pared y pasé descalza lo que que-

45. «Fuerte!», *Hermanos carnales,* Surfin' Bichos, 1992.

daba de noche. Borracha, de camino al Excuse-me, pensé que, ya que mi casa estaba de paso, subiría un momento y me pondría un calzado más cómodo.

Cuando me separé del grupo, el poeta que era premio Nacional se vino conmigo. Le dije que no hacía falta, que no iba a tardar nada. Insistió, y yo también insistí y le dije que vivía en un cuarto sin ascensor, y que iba a ser rápida, y que el Excuse-me estaba a una manzana de casa, que no iba a pasarme nada.

Me nutro siendo hombre de tu promesa de buenaventura que trágicamente borraré de tu mano.

Subimos los cuatro pisos, abrí la puerta, fui hacia la habitación, y cuando me agaché para sacarme los zapatos, puso sus manos en mis nalgas y me acercó su pene duro. *Tú no lo sabes, alguien roza tu mano, se escapa, ríes.* Se apretó contra mi cuerpo y restregó el miembro por mi culo con una lentitud pasmosa. *Pulso y el clamor bajo la piel ignoras qué será de ella cuando al fin sea tuya y el gusto de tu boca no se seque.* El poeta me levantó la falda, y me bajó las medias, y yo le dije que por favor no hiciera aquello, y me tumbó en la cama, y me desabrochó el vestido, y me empezó a mordisquear los pezones. *Mi apetencia de algo filtra, surco silente que dejan tus pasos, sin la voz erguida no eres lo que ahora deberías ser.* Le dije que nos estaban esperando, que estaba muy borracha, que no quería, y él me penetró diciendo: «Sí, sí, sí. Sí, mi amor, sí, sí, sí, sí.» Yo no quería ver la cara cuadrada del poeta, el dibujito de Lidia, el señor con cabeza grande y cuadrada y cepillito de pelo en el cogote, y dientes separados y camisita de Desigual, y yo apretaba los ojos, y deseaba que aquel colchón me engullera, que se abriera un poquito debajo de mi cuerpo y solo yo me descolgara, que el poeta se quedara solo en aquella cama, de cuatro patas, babeando sobre un colchón; y él decía mientras me penetraba «Sí, sí, sí. Sí, mi amor, sí, sí, sí, sí». *Belleza en tu cuerpo elíptico que goza sed, mi ánimo ahora descarnado y extinto.*

Quería que se corriera rápido para volver a la fiesta y que nadie sospechara nada. Me producía terror que alguien supiera que el poeta y yo habíamos hecho aquello. Y ya me daba igual que no se hubiera puesto condón, y agradecía que no me intentara besar, que la cabeza cuadrada los dientes pequeños el cepillito la lengua estuvieran lejos de mi cara. *Gesto que oprime, mi garganta es la misma.* Y «Sí, sí, sí, Sí, mi amor, sí, sí, sí, sí, oOh».

Fui a limpiarme, me cambié los zapatos y volvimos a la fiesta.

Viéndote así, me relamo en tu sangre porque mato tus gestos plegándose a los míos.

Tomé conciencia de aquello el día que la actriz y directora italiana Asia Argento contó en un duro discurso en Cannes que, en 1997, a sus veintiún años, había sido violada. Una se siente imbécil cuando tarda en entender algo tan grave diez años más tarde de que haya sucedido. «Tengo un secreto», pensaba yo. «¿Veis como no soy tan incontinente?», pensaba a lo largo de esos diez años cuando el recuerdo volvía. Los zapatos, el miembro duro, el cepillito. «Tengo un secreto que solo es mío.» Tuvo que pasar mucho tiempo para reconocerlo y poder explicarlo, para lograr entenderlo. Debería haberlo denunciado, pero estaba muy lejos de saber qué había sucedido, y, además, no dije que no lo bastante fuerte, no grité, no lo rechacé con los brazos ni le pegué patadas, no lloré desconsoladamente.

Prácticamente ninguna violación llega a denunciarse. La mayoría de las que se denuncian no da lugar a juicio, y la mayoría de los juicios no dan lugar a condena. Las penas de cárcel por violación son poco frecuentes, la pena máxima rara vez se dicta en la sentencia y la condena resultante rara vez se cumple entera.[46]

Siento que todas las mujeres que han sido violadas somos los trocitos flotantes de Isolina,[47] aquella muchacha a la que mataron en Verona después de saber que estaba embarazada de un importante general. La mataron primero y después la ocultaron en un río. Todas somos culpables de una penetración que no deseábamos, la babita de nuestro agresor en nuestra cara la generamos nosotras, somos nosotras las responsables de nuestro destino incluso si nos matan. La lección es la siguiente: no tendríamos que haber intentado ser como ellos. «Un oficial no puede estar implicado en semejante degeneración; además, ¿quién era la víctima? ¡Una chiquilla, una prostituta! ¡Si ha sufrido violencia quiere decir que se la habrá buscado! ¿Quién puede fiarse de alguien así?» A nuestra Isolina le provocaron un aborto con un tenedor y al verla muerta cortaron su cuerpo en trocitos para deshacerse de ella. Un cuerpo en trocitos arrojado a un río.

Pero es que Isolina era un poco putilla. Como nosotras.

Durante diecisiete años las vísceras de Isolina habían estado acomodadas en la parte inferior de la cavidad abdominal, como un ovillo encarnado. Cuando se calentaban, el fulgor llegaba hasta los huesos y su estructura sólida canicular, su blanca estructura menuda, mantenía vesícula, hígado y páncreas recogidos y tibios.

Después, en el río, sus vísceras eran cetrinas y danzaban como anguilas.

Antes, la luz calentaba la Tierra, penetraba en la piel y

46. Germaine Greer, *Sobre la violación,* Debate, 2019.
47. Dacia Maraini, *Isolina,* Altamarea, 2020.

templaba los músculos; es posible que más tarde, la luz del río le taponara los oídos: Isolina no escuchaba nada. Los miembros, sosegados, se mecían sin tiempo y sin espacio. Puede ser que arriba fuera abajo, o un no tan arriba, o que de un más abajo llegara la claridad que atravesaba el tejido fino de los párpados.

Un brazo iba hacia atrás, hacia la espalda, pero detrás podría ser delante, detrás podría ser abajo. Rozaba una piedra suave con la mano derecha y arrastraba barro y liquen. Echaba de menos algunas de las uñas.

Cómo le habría gustado poder abrir los ojos.

Daba vueltas
y vueltas
y vueltas.

Y allá quedaba una pierna, más allá la cabeza.

Se llevó la corriente un trozo de su vientre.

Una placenta con el cordón umbilical
todavía incrustado
viajaba por el río,
se iba también su sangre cuando abría la boca. Se alejaba. Se elevaba hacia lo que debía de ser arriba y unas lenguas largas le acariciaban la espalda.

Recordaba estar tendida en una mesa.
Un grito.
Una mordaza.
Un tenedor.
Y el agua de aquel río.

Harvey Weinstein abusó de Asia Argento en el lugar donde ella estaba recogiendo el premio a la mejor interpretación femenina. Decía que en Cannes los violadores campan a sus anchas. Yo digo que podría haber estado hablando de cualquier lugar: de un aula en un instituto de Guadalajara. De la sala de reuniones de una empresa riojana. De los pasillos de cualquier supermercado de Cuenca. O del despacho de un profesor de pintura de cualquier universidad valenciana: todos los Harveys Weinsteins del mundo creen que pueden estar tranquilos porque el sistema está hecho a su medida y saben que pueden coger lo que necesitan cuando les venga en gana. Pasean por las ciudades y se sientan despatarrados en un banco, como si el banco fuera el sofá de su casa. Apoyan el garrote en un extremo, se quitan la chistera, y se arreglan con la mano el bigote relamido del verdadero compañero sentimental.

> Y he aquí que, a los cuarenta y tres años de mi vida en esta tierra, mientras contemplaba, el alma trémula y de temor embargada, una visión celestial, vi un gran resplandor del que surgió una voz venida del cielo diciéndome: «Oh, frágil ser humano, ceniza de cenizas y podredumbre de podredumbre: habla y escribe lo que ves y escuchas...» Como fuente de abundancia mana y fluye con la sabiduría mística, y que agite el caudal de tus aguas a quienes te desprecian por el pecado de Eva. Tu honda clarividencia no la tienes por los hombres, sino por el supremo y formidable Juez de las alturas, donde esta claridad, con luz esplendorosa entre las luces, vívidamente brillará.
>
> HILDEGARDA DE BINGEN

El Hombrecito me envió hace unos años por correo electrónico un documento titulado «Mi correspondencia con Paula. Cartas para jóvenes pintores». El texto se abría con un prólogo que firmaba yo pero que también había escrito él.

> Guardo tesoros de papel, sobres manuscritos con sellos con flores. Son las cartas que mi querido profesor de pintura me escribió con el amor de quien sabe que tiene la responsabilidad de brindar una educación a una joven alumna. Como F. Scott Fitzgerald educó a Sheila Graham creándole una universidad a medida, así cuidó el Hombrecito de mi formación emocional e intelectual.

«Me llevé el paquete a mi escritorio, deshice el fino lazo marrón que contenía apenas el fárrago y, con más curiosidad que aprehensión, me puse a hojear el material al azar. (...) Las cartas que me envió y los poemas que me dedicó. Había olvidado lo hermosos que eran.»[48]

Hombrecito y yo llevábamos tiempo dando vueltas a la posibilidad de hacer algo juntos, tal vez un libro que culminara una larga amistad, una fructífera, divertida y amorosa cadena de complicidades, afinidades y afectos. ¿Una novela de aprendizaje protagonizada por una joven aprendiz de artista? ¿Un poemario ilustrado que él escribiría y yo llenaría de color? Se nos ocurrió algo mucho más sencillo y realista que todo eso: abrir el cajón y ordenar las cartas que me había enviado a Santiago de Chile durante el invierno de 2002, ampliarlas, y buscar también en otros textos que habíamos intercambiado a lo largo de nuestra larga e inmarcesible amistad para acabar de entenderlas. En aquel cajón repleto de zozobras, bañado con el amor y el afecto que Hombrecito y yo siempre nos hemos brindado, estaba escondido el libro que ahora tienes en tus manos.

En la primera carta aparecía el episodio de mi carrera desde el piso de estudiantes a la universidad el día que quiso invitarme a cenar y colgó el teléfono, solo que en la ficción sucedía en la playa de la Malvarrosa y no en un despacho. El resto de las cartas eran fragmentos de los mails que me había mandado a Chile. En el libro agradecía el haberme encontrado cada día de *aquel año difícil* sonriendo en clase. *Una Niña entusiasta que tenía muchas*

48. Sheila Graham, *Lecciones de un Pigmalión*, Elba, 2014.

ganas de aprender con apasionamiento jubiloso era lo que el Hombrecito necesitó para solventar aquel nefasto año. La parte del pastel que a mí me correspondió podría resumirse más o menos así: su apetito y sus *ansias varoniles* marcaron para siempre la manera que tendría de relacionarme con los hombres y con mi sexualidad. Después llegó su amigo el poeta premio Nacional y acabó de arreglar lo mío con mi cuerpo. Abraza tu soledad, dice Rainer Maria Rilke, vuelve al aislamiento de la niñez, «porque en el fondo, y precisamente en las cosas más profundas y más importantes, nos encontramos indeciblemente solos». Sé niño. «Busque estar cerca de las cosas que no le abandonarán; están las noches aún y los vientos que corren entre los árboles y sobre muchas tierras; entre las cosas y los animales aún hay muchos acontecimientos en los que se le permite participar; y los niños aún son como ha sido Vd. de niño, tan tristes y tan felices, y si piensa en su infancia, volverá a vivir entre ellos, entre los niños solitarios, y los adultos no son nada, y su dignidad no tiene ningún valor.» En la educación que tejió para mí, mi Hombrecito decía *bebe vino, Niña. Primero uno blanco, joven y afrutado como tú, que corre ligero y entra bien. Acabarás paladeando y te deleitarás con los tintos con años, con cuerpo, con barrica.* «Ahora que el rosal de tu felicidad está en flor, / ¿por qué no está en tu mano la copa de vino? / Bebe vino, que es el mundo enemigo poderoso.»[49] *Ven aquí. Mira. Así.* ¡AU! *Tranquila, no te voy a hacer daño. ¿Ves? No te preocupes, lo haremos lentamente. Dejemos las embestidas para más adelante. Baja un poco, Niña favorita. Desliza así la lengua, utiliza la mano. La mano y la lengua.* «No presiones la base de la flauta: / solo con la caricia de los dedos / llévala con dul-

49. Omar Jayyam, *Rubayat,* Alianza Editorial, 2013.

zura hasta la boca.»[50] *La mano y la lengua y los labios.* «Humedece los labios porque brille / la tersa plata inerme en cerco rojo.»[51] *La mano y la lengua y los labios y la garganta.* «Finge no recordar la melodía: / piérdela, duda, persíguela jugando / a la gallina ciega entre las rosas.»[52] *Lo has hecho muy bien, Niña favorita de todos los tiempos.*

50. Guillermo Carnero, «Lección de música», *Verano inglés, op. cit.*
51. *Ibidem.*
52. *Ibidem.*

Si hubiera podido elegir cómo morir, el Hombrecito habría resuelto hacerlo con una intoxicación por plomo. La muerte se habría producido unos días antes de la inauguración de su mejor exposición, y su pérdida se habría lamentado en cada periódico (¡qué buen pintor!). Lo habrían encontrado sentado en un sillón delante del caballete, con un pincel todavía en la mano, una copa de cristal estrellada contra el suelo al otro lado, y el granate de un vino delicioso y caro marcando para la posteridad el fragmento de tierra que lo vio exhalar el último aliento. Su cuerpo, allí dispuesto, como una suerte de Marat moderno, con los ojos cerrados y la expresión amable, como si estuviera echándose una siesta al sol. El olor del vino y de la trementina se tragarían el olor de la muerte, y quien tuviera la suerte de contemplarlo sabría que estaba ante una estampa digna de lo que fue en vida.

Otra de las opciones podría haber sido una sobredosis de ácido durante un encuentro con sus amigos los poetas. Quizás celebrando que su último libro, el que finalmente habría abierto los ojos de los lectores a su talento en el manejo de las palabras, entraba en imprenta (¡qué buen poeta!).

Pero el azar quiso que el cuerpo con músculos inflados de fin de verano se despeñara por un acantilado mientras realizaba uno de sus habituales paseos en bicicleta. Parece ser que perdió el control en un bache, y la caída de morros contra el suelo empinado y pedregoso le hizo perder el conocimiento. Con todas sus facultades habría podido detener su cuerpo, pero inconsciente, el cuerpo de Hombrecito era como un saco de patatas que da vueltas y vueltas hasta que el camino acaba, y entonces, con todo el peso muerto, cae al vacío (¡qué bien se conservaba!). Tardaron varios días en encontrarlo. Los golpes contra las rocas, el calor de agosto y las dentelladas de los jabalíes habían dejado en el fondo de un barranco una masa de carne, huesos y tejidos fluorescentes difícil de identificar.

La fecha del accidente coincidió con el silencioso mes de agosto. La mayoría de los amigos estaban de viaje, las alumnas pasaban el verano en sus pueblos, y cuando la noticia llegó, muchos no tenían margen de maniobra. Los que sí lo tenían, habían de asumir un gasto que pocos podían permitirse. A otros la noticia les llegó tarde y mal, cuando el muerto ya estaba enterrado.

Se quedó
el Hombrecito
sin
piernas
hermosas
maduras
jóvenes
muy jóvenes
acercándose
a lanzar
un último suspiro

en forma de flor
a su tumba.

Nos quedamos
sin grito
las vampirizadas.

La noticia me pilló almorzando con Javier en el patio del Taller 99. Su hijo estaba con Rafael Munita aprendiendo a grabar sobre madera. Recibí un whatsapp de Lidia. *«El cabró del Hombrecito s'ha mort. S'ha estampat en la bici.»*[53] Puta la ueà, el ueón de las nubes? Ahí se pudra en el infierno el viejo chancho. Lo busqué en Instagram. En la primera entrada había un vídeo en el que recitaba un romance. En su voz, la Muerte le hablaba a una Niña y cuando lo escuché volví a su cama. Lo oía recitar de nuevo en nuestra isla. Observaba su cara envejecida y recordaba su olor. El hombre que me vampirizó tenía los ojos más hundidos que nunca y la sombra de las cejas ocultaba el azul cobalto del que tanto presumió. Me fijé en la bòca pequeña que guardaba unos labios carnosos que conocí bien. La primera vez que los besé sabían a Hombrecito y a vino tinto. Habíamos ido a ver cómo de negro era el Mediterráneo cuando se hacía de noche. Él saltó a la arena y yo me quedé de pie encima del banco de cemento del paseo marítimo. «Si cruzas esta línea», me dijo, «ya no habrá vuelta atrás.»

53. El cabrón del Hombrecito se ha muerto. Se ha estampado con la bici.

Cuando murió el Hombrecito alquilé una pequeña portería con la intención de volver a pintar, pero pintura seguía siendo Hombrecito y hablar de pintura era Hombrecito hablando por mi boca, así que, como si otra persona tomara las decisiones por mí, armé un pequeñísimo y seguro Taller 99 con su zona limpia y su zona sucia, su zona de ácidos, su zona para humedecer el papel, su zona de secado. El calienta planchas. La resinadora. El fregadero para eliminar el exceso de ácido o de carbonato cálcico. La prensa. El mueble de planos. Creé, en aquel agujero, un espacio mínimo para trabajar metal y volví a aparcar cualquier procedimiento relacionado con tensar telas, inhalar aguarrás o volver mentalmente a una isla donde perfeccionar mis habilidades masturbatorias.

Ha pasado el tiempo y ahora puedo pintar y puedo hablar de pintura. Hoy he trabajado con mis alumnas en doce cartones y cuatro telas. Tres ejercicios rápidos en los que nos hemos enfrentado a la figura en yeso de Hipólita Sforza, la poeta italiana cuya existencia desconocía hasta hace bien poco. Nació en Urbino, como Raffaello Sanzio y

Federico da Montefeltro, pero ella no aparece en ninguna lista de hijos ilustres.

Sobre un cartón imprimado en blanco, entornamos los ojos para resolver la cabeza con tres planos. Manchamos el cartón de negro con una paletina ancha y mucho aguarrás. La figura la resolvemos primero con más materia y después arrastrando el trapo por la superficie para sacar luces.

El segundo cartón es de un tono almagra y lo trabajamos con pintura blanca.

En el tercer cartón experimentamos con una paleta más amplia.

Dejamos a la poeta en un estante y es Marta quien se sienta en el taburete. Marta tiene veintitrés años y es como Matilde Urrutia, la Magdalena de Tiziano, esa Bella pintada por Palma el Viejo, y sus cabellos son de la estirpe de Waterhouse y pueden acariciarse con la mirada, pueden incluso escucharse. Arrastran peces rojos y son capaces de desatar a Ulises.

Cuando se levante, será otra de nosotras la que ocupe su lugar.

Primero, con una mezcla diluida de tierra sombra tostada y verde vejiga cubrimos toda la tela. Resolvemos el fondo con un plano menos aguarraseado y nos centramos en su cabeza. Trabajamos planos que trasladan a la tela las sombras de las cuencas de los ojos, de la nariz, del labio inferior, de la barbilla. Manchamos casi sin pensar gran parte de su cuello. Añadimos a la mezcla un poco de rojo cadmio y de ocre. Buscamos los tonos medios. Después, cuando el encaje ya nos muestra una figura armada, añadimos el blanco a la mezcla y trabajamos las luces.

En unas telas
Marta es casi roja,
en otras es blanca.

Colgamos un espejo al lado de la tela y nos enfrentamos a nuestro propio reflejo.

Nos permitimos la carcajada y la autorrepresentación.

Nos sabemos
dueñas
de nosotras
mismas.

AGRADECIMIENTOS

Remedios Herrero, Lidia Marcilla, Ramón Rodríguez, Rafael Munita, Luci Romero, Eva Moya, Carla Vall, Mónica Carmona, Silvia Sesé.

«Danza inerte» es una versión de otro poema adaptada por la poeta Luci Romero.

ÍNDICE